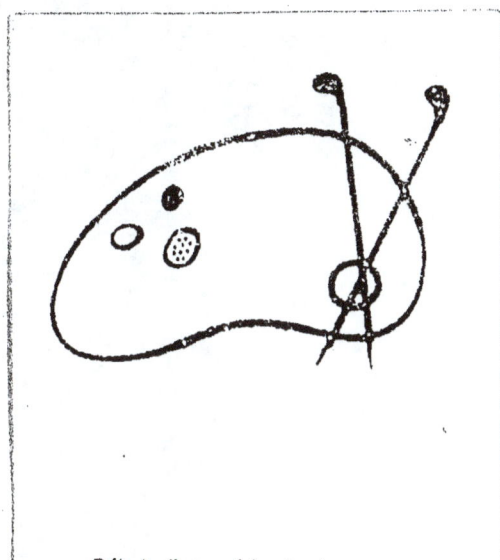

Début d'une série de documents
en couleur

COUVERTURES SUPERIEURE ET INFERIEURE D'IMPRIMEUR.

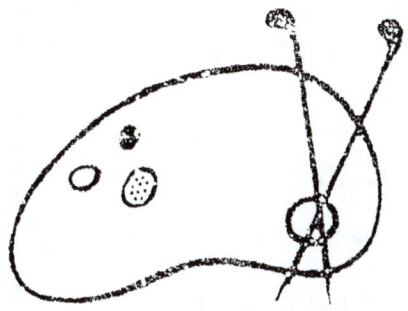

Fin d'une série de documents
en couleur

HISTOIRE

DU

CÉLÈBRE PIERROT

SOCIÉTÉ ANONYME D'IMPRIMERIE DE VILLEFRANCHE-DE-ROUERGUE
Jules Bardoux directeur.

HISTOIRE

DU

CÉLÈBRE PIERROT

ÉCRITE

PAR LE MAGICIEN ALCOFRIBAS

TRADUITE DU SOGDIEN PAR

ALFRED ASSOLLANT

TROISIÈME ÉDITION

PARIS

LIBRAIRIE CH. DELAGRAVE

15, RUE SOUFFLOT, 15

1885

HISTOIRE

DU

CÉLÈBRE PIERROT

I

PREMIÈRE AVENTURE DE PIERROT

COMMENT PIERROT DEVINT UN GRAND GUERRIER

Pierrot naquit enfariné : son père était meunier; sa mère était meunière. Sa marraine était la fée Aurore, la plus jeune fille de Salomon, prince des génies.

Aurore était la plus charmante fée du monde : elle avait les cheveux noirs, le front de moyenne grandeur, mais droit et arrondi, un nez retroussé, fin et charmant, une bouche petite qui laissait voir dans ses sourires des dents admirables. Son teint était blanc comme le lait, et ses joues avaient cette nuance rose et transparente qui est inconnue aux habitants de ce grossier monde sublunaire. Quant à ses yeux, ô mes amis ! jamais vous n'en avez vu, jamais vous n'en verrez de pareils. Les étoiles du firmament ne sont auprès que des becs de gaz fumeux ; la lune n'est qu'une vieille et sale lanterne.

Dans ces yeux si beaux, si doux, si lumineux, on voyait resplendir un esprit extraordinaire et une bonté suprême. Oh ! quelle marraine avait le fortuné Pierrot !

Les fées, qui sont de grandes dames, ne fréquentent guère de simples meuniers ; mais Aurore était si compatissante, qu'elle n'aimait que la société des pauvres et des malheureux. Un jour qu'elle se promenait seule dans la campagne, elle passa près de la maison du meunier juste au moment où Pierrot, qui venait de naître, criait et demandait le sein de sa mère ; elle entra dans le moulin, poussée par une curiosité bien naturelle aux dames.

Comme elle entrait, Pierrot cessa de crier pour lui tendre les bras. Aurore en fut si charmée qu'elle le prit sur-le-champ, l'embrassa, le caressa, l'endormit, le replaça dans son berceau et ne voulut pas sortir du moulin avant d'avoir obtenu la promesse qu'elle serait choisie pour marraine de l'enfant.

Le lendemain, elle tint Pierrot sur les fonts baptismaux et voulut lui faire un présent, suivant la coutume.

— Mon ami, lui dit-elle, je pourrais te rendre plus riche que tous les rois de la terre; mais à quoi sert la richesse, si ce n'est à corrompre et endurcir ceux qui la possèdent? Je pourrais te donner le bonheur; mais il faut l'avoir mérité. Je veux te donner deux choses : l'esprit et le courage, qui te défendront contre les autres hommes; et une troisième : la bonté, qui les défendra contre toi. Ces trois choses ne t'empêcheront pas de rencontrer beaucoup d'ennemis et d'essuyer de grands malheurs; mais, avec le temps, elles te feront triompher de tout. Au reste, si tu as besoin de moi, voici un anneau que je t'ordonne de ne jamais quitter. Quand tu voudras me voir, tu le baiseras trois fois en prononçant mon nom. En quelque lieu de la terre ou du ciel que je sois, je t'entendrai et je viendrai à ton secours.

Voilà comment Pierrot fut baptisé. Je passe sous silence les dragées dont la fée Aurore répandit une si grande quantité qu'elle couvrit tout le pays, et que les enfants du village en ramassèrent deux cent cinquante mille boisseaux et demi, sans compter ce que croquèrent les oiseaux du ciel, les lièvres et les écureuils.

Quand Pierrot eut dix-huit ans, la fée Aurore le prit à part et lui dit :

— Mon ami Pierrot, ton éducation est terminée. Tu sais tout ce qu'il faut savoir : tu parles latin comme Cicéron et grec comme Démosthènes; tu sais l'anglais, l'allemand, l'espagnol, l'italien, le cophte, l'hébreu, le sanscrit et le chaldéen ; tu connais à fond la physique, la métaphysique, la chimie, la chiromancie, la magie, la météorologie, la dialectique, la sophistique, la clinique et l'hydrostatique ; tu as lu tous les philosophes et tu pourrais réciter tous les poëtes ; tu cours comme une locomotive et tu as les poignets si forts et si bien attachés, que tu pourrais porter, à bras tendu, une échelle au sommet de laquelle serait un homme qui tiendrait lui-même la cathédrale de Strasbourg en équilibre sur le bout de son nez. Tu as bonnes dents, bon pied, bon œil. Quel métier veux-tu faire ?

— Je veux être soldat, dit Pierrot ; je veux aller à la guerre, tuer beaucoup d'ennemis, devenir un grand capitaine et acquérir une gloire immortelle qui fera parler de moi *in sœcula sœculorum.*

— *Amen*, dit la fée en riant. Tu es jeune encore, tu as du temps à perdre. J'y consens ; mais s'il t'arrive quelque accident, ne me le reproche pas... Ces enfants des hommes, ajouta-t-elle plus bas et comme se parlant à elle-même, se ressemblent tous, et le plus sensé d'entre eux mourra sans avoir eu plus de bon sens que son grand-père Adam quand il sortit du paradis terrestre.

Pierrot avait bien entendu l'aparté, mais il n'en fit pas semblant. « Il n'y a pire sourd, dit le proverbe, que celui qui ne veut pas entendre. » Ses yeux étaient éblouis des splendeurs de l'uniforme, des épaulettes d'or, des pantalons rouges, des tuniques bleues, des

croix qui brillent sur les poitrines des officiers supé-
rieurs. Le sabre qui pend à leur ceinture lui parut le
plus bel instrument et le plus utile qu'eût jamais inventé le génie de l'homme. Quant au cheval, et tous
mes lecteurs me comprendront sans peine, c'était le
rêve de l'ambitieux Pierrot.

— Il est glorieux d'être fantassin, disait-il; mais il
est divin d'être cavalier. Si j'étais Dieu, je dînerais à
cheval.

Son rêve était plus près de la réalité qu'il ne le
croyait.

— Embrasse ton père et ta mère, dit la fée, et partons.

— Où donc allons-nous? dit Pierrot.

— A la gloire, puisque tu le veux; et prenons garde
de ne pas nous rompre le cou, la route est difficile.

Qui pourrait dire la douleur de la pauvre meunière quand elle apprit le projet de Pierrot?

— Hélas! dit-elle, je t'ai nourri de mon lait, réchauffé de mes caresses et de mes baisers, élevé, in-
struit, pour que tu te fasses tuer au service du roi!
Quel besoin as-tu d'être soldat, malheureux Pierrot?
Te manque-t-il quelque chose ici? Ce que tu as voulu,
en tout temps, ne l'avons-nous pas fait? Ne te l'avons-
nous pas donné? Pierrot, je t'en supplie, ne me donne
pas la douleur de te voir un jour rapporté ici mort ou
estropié. Que ferions-nous alors? Que fera ton père,

1.

dont le bras se fatigue et ne peut plus travailler?
Comment et de quoi vivrons-nous?

— Pardonne-moi, pauvre mère, dit l'entêté Pierrot, c'est ma vocation. Je le sens, je suis né pour la
guerre.

Ici la mère se mit à pleurer. Le meunier, qui n'a-
vait encore rien dit, rompit le silence :

— Tu peux t'en aller, Pierrot, si tu sens que c'est
ta vocation, quoique ce soit une vocation singulière
que celle de couper la tête à un homme, ou de lui
fendre le ventre d'un coup de sabre et de répandre à
terre ses entrailles. La voix des parents n'a appris,
n'apprend et n'apprendra jamais rien aux enfants. Ils
ne croient que l'expérience ! Va donc, et tâche d'acquérir cette expérience au meilleur marché possible.

— Mais, dit Pierrot, ne faut-il pas combattre pour
sa patrie?

— Quand la patrie est attaquée, dit le meunier, il
faut que les enfants courent à l'ennemi et que les
pères leur montrent le chemin; mais il n'y a aucun
danger, mon pauvre Pierrot, tu le sais bien : nous
sommes en paix avec tout le monde.

— Mais...

— Encore un *mais*/ Va! pars! lui dit son père en
l'embrassant.

Pierrot partit fort chagrin, mais obstiné dans sa ré-
solution. Si la bonne fée avait pitié de la douleur de
ses parents, elle savait fort bien qu'un peu d'expé-

rience était nécessaire pour rabattre la présomption de Pierrot, et elle avait confiance dans l'avenir.

Ils marchèrent longtemps côte à côte sans rien dire. Enfin, après plusieurs jours, ils arrivèrent dans le palais du roi. Là, Pierrot fut si ébloui des colonnes de marbre, des grilles en fer doré, des gardes chamarrés d'or, et des cavaliers qui couraient au galop le sabre en main, à travers la foule, pour annoncer le passage de Sa Majesté, qu'il oublia complétement les remontrances de ses parents.

Comme il regardait, bouche béante, un spectacle si nouveau, le roi passa en carrosse, précédé et suivi d'une nombreuse escorte. Il était midi moins cinq minutes, et la famille royale, au retour de la promenade, allait dîner. Aussi le cocher paraissait fort pressé, dans la crainte de faire attendre Sa Majesté. Tout à coup un accident inattendu arrêta le carrosse. Un des chevaux de l'escorte fit un écart, et le page qui le montait, et qui était à peu près de l'âge de Pierrot, fut jeté contre une borne et eut la tête fracassée. Tous les autres s'arrêtèrent au même instant pour lui porter secours ou au moins pour ne pas le fouler sous les pieds des chevaux.

— Eh bien ! qu'est-ce? dit aigrement le roi en mettant la tête à la portière.

— Sire, répondit un page, c'est un de mes camarades qui vient de se tuer en tombant de cheval.

— Le butor! dit le roi; qu'on l'enterre et qu'un

autre prenne sa place. Faut-il, parce qu'un maladroit
s'est brisé la tête, m'exposer à trouver mon potage refroidi?

Il parlait fort bien, ce grand roi. Si chaque souverain, ayant trente millions d'hommes à conduire, pensait à chacun d'eux successivement et sans relâche
pendant quarante ans de règne, il ne lui resterait pas
une minute pour manger, boire, dormir, se promener,
chasser et penser à lui-même. Encore ne pourrait-il,
en toute sa vie, donner à chacun de ses sujets qu'une
demi-minute de réflexion. Évidemment c'est trop peu
pour chacun. C'était aussi l'opinion du grand Vantripan, empereur de Chine, du Tibet, des deux Mongolies, de la presqu'île de Corée, et de tous les Chinois
bossus ou droits, noirs, jaunes, blancs ou basanés
qu'il a plu au ciel de faire naître entre les monts
Koukounoor et les monts Himalaya. Aussi, ne pouvant penser à tous ses sujets, en gros ou en détail, il
ne pensait qu'à lui-même.

Par l'énumération des États de ce grand roi, vous
voyez, mes amis, que la Chine fut le premier théâtre des
exploits de Pierrot. Il ne faudrait pas croire pour cela
que Pierrot fût Chinois. Il était né, au contraire, fort
loin de là, dans la forêt des Ardennes; mais la fée, par
un enchantement dont elle a gardé le secret, sans quoi
je vous le dirais bien volontiers, l'avait, au bout de
trois jours de marche, et pendant son sommeil, transporté, sans qu'il s'en aperçût, sur les bords du fleuve

Jaune, où se désaltèrent, en remuant éternellement
la tête, des mandarins aux yeux de porcelaine. Mais
revenons à la colère du roi quand il craignit de trouver son potage refroidi.

Au bruit de cette royale colère, toute l'escorte trembla. Le grand roi était d'humeur à faire sauter comme
des noisettes les têtes de trois cents courtisans pour
venger une injure si grave. Chacun cherchait des
yeux, dans la foule, un remplaçant au malheureux
page.

La fée Aurore poussa de la main le coude de Pierrot.
Celui-ci, sans balancer, saisit les rênes, met le pied à
l'étrier et monte à cheval.

— Ton nom? dit Vantripan.

— Pierrot, sire, pour vous servir.

— Tu es un drôle bien hardi. Qui t'a dit de monter
à cheval?

— Vous-même, sire.

— Moi?

— Vous, sire. N'avez-vous pas dit : Qu'on l'enterre
et qu'un autre prenne sa place! » Je prends sa place.
Toute la terre ne vous doit-elle pas obéissance? J'ai
obéi.

— Et la casaque d'uniforme?

Ici Pierrot fut embarrassé un instant, mais la fée
vint à son secours. Elle le toucha de sa baguette : en
un clin d'œil Pierrot fut habillé comme ses nouveaux

camarades. Alors le roi, qui s'était penché vers le fond
du carrosse pour parler à la reine, se retourna brusquement.

— Sire, dit Pierrot, je suis prêt.

— Comment! tu es habillé?

— Sire, ne vous ai-je pas dit que toute la terre vous
doit obéissance? Vous avez voulu que je prisse l'uniforme. Je l'ai pris.

— Voilà un grand prodige, dit Vantripan; mais
mon potage ne vaut plus rien. Au palais, et au galop.

En une minute le carrosse, l'escorte et Pierrot dis-
parurent, laissant trente mille badauds stupéfaits de
la hardiesse de Pierrot, de sa promptitude à s'habiller,
et de la bonté du grand Vantripan. Dans le même
moment, la pluie qui tombait les força de rentrer dans
leur famille, où tout le reste de la journée et les
trois jours suivants on ne parla d'autre chose que du
nouveau page.

Pierrot était émerveillé de son bonheur.

— Quoi! disait-il, en si peu de temps me voilà
admis à la cour, et en passe de faire une belle fortune.
Qui sait?

Au milieu de ces pensées ambitieuses, on arriva au
palais. Pierrot voulut descendre de cheval comme les
autres et suivre le roi pour dîner, mais le gouverneur
des pages l'arrêta.

— Montez votre garde d'abord, lui dit-il.

— Je meurs de faim, dit Pierrot.

— Vous répliquez? huit jours d'arrêts. Mais d'abord, sabre en main et restez à cheval devant le vestibule; voici la consigne : Quiconque entrera sans laisser passer, vous lui couperez le cou; et si vous y manquez, on vous le coupera à vous-même pour vous apprendre à vivre.

Ce disant, le gouverneur monta d'un air grave dans son appartement, où l'attendait un bon dîner avec un bon feu et d'excellent vin.

C'était au mois de novembre, et Pierrot, chamarré d'or, mais légèrement vêtu, montait sa garde à cheval devant le vestibule. Devant lui, des cuisines royales montaient à chaque instant une foule de plats succulents, les uns pour le roi, d'autres pour les officiers de sa maison, pour ses ministres, pour les femmes de chambre de la reine, pour les maîtres d'hôtel, pour tout le monde enfin, excepté le désolé Pierrot. Chaque plat laissait un parfum exquis dont étaient douloureusement excitées les papilles nerveuses du malheureux page.

Les marmitons riaient en passant près de lui, et se le montraient l'un à l'autre avec des gestes moqueurs.

— Voilà un cavalier dont la digestion sera facile, dit l'un d'eux.

— Habit de velours, ventre de son, dit un autre.

Pierrot, mouillé de pluie, morfondu, ne pouvnat

souffler dans les doigts de sa main gauche qui tenait la
bride du cheval, ni dans les doigts de sa main droite
qui tenait le sabre, affamé de plus, donnait de bon
cœur au diable le roi, la reine, la cour, les courtisans et la maudite envie qu'il avait eue de quitter son
père et sa mère, et d'entrer au service militaire.

Enfin la fée Aurore eut compassion de ses souf-
frances.

— Pierrot, dit-elle, cherche dans la sacoche de ton
cheval, et mange.

Or dans la sacoche il n'y avait qu'un morceau de
pain sec et fort dur, que le pauvre affamé dévora en
quelques minutes. Ainsi se réalisa son rêve de dîner à
cheval.

Comme il finissait, trois heures sonnèrent. Vantripan avait dîné, lui aussi, mais beaucoup mieux, et plus
à l'aise.

— Ventre de biche! dit-il en paraissant sur le bal-
con du premier étage du palais, j'ai solidement dîné.

Et il défit son ceinturon pour respirer plus à l'aise.

— Quel est ce page qui monte la garde? ajouta-
t-il en abaissant son regard royal sur le pauvre Pierrot.

— Sire, dit un officier, c'est ce jeune homme qui
s'est offert si singulièrement au service de Votre Majesté.

— Pardieu! dit le roi, quand j'ai bien mangé et
bien bu, je veux que tous mes sujets soient heureux.
Approche ici, page; et toi, dit-il au ministre de la

guerre qui avait dîné avec lui, tire ton sabre, et découpe-moi ce chapon rôti.

Pierrot s'approcha, et Vantripan lui lança le chapon. Pierrot le reçut si adroitement qu'il fit l'admiration générale.

Les gens qui ont bien dîné ne sont pas, comme on sait, difficiles sur le choix de leurs plaisanteries, et celles des rois, quelle qu'en soit la tournure, sont toujours excellentes.

Après le chapon vint une bouteille de vin, puis un petit pain, puis des gâteaux. Finalement Pierrot dîna mieux qu'il ne l'avait espéré; mais il voyait rire toute la cour, et ce rire ne lui faisait pas plaisir.

— Quand je dîne avec mes parents, pensait-il, le dîner n'est pas friand, mais je ne mange les restes de personne, et personne ne se moque de moi.

Cette pensée indigna Pierrot. Quand il eut fini, et cela dura quelques minutes à peine, tant il montra d'activité, Vantripan le fit monter près de lui.

— Il est aux arrêts, dit le gouverneur des pages.

— Est-ce ainsi qu'on m'obéit? dit le roi d'une voix tonnante. Va toi-même prendre sa place, et garde les arrêts pendant six mois.

Le gouverneur descendit la tête basse et prit la place de Pierrot au milieu des rires de toute la cour. Chacun trouva la justice de Vantripan admirable.

Le roi, content de lui, s'assit dans un bon fauteuil et attendit l'arrivée de Pierrot. A ses côtés, dans un

autre fauteuil, près du feu, était assise la reine, dont
nous n'avons pas encore parlé, et qui était une femme
assez grande, fort blonde, fort grosse, de qui ses
femmes de chambre disaient :

— Il est impossible de savoir si elle est plus méchante que bête ou plus bête que méchante.

Derrière elle se tenait debout, tantôt sur un pied,
tantôt sur l'autre, la princesse Bandoline, sa fille, sur-
nommée par les courtisans Reine de Beauté; elle était
fort belle en effet, mais encore plus orgueilleuse, et regardait la race des Vantripan comme la plus illustre de
toutes les races royales, et elle-même, comme la plus
illustre personne de cette race. De l'autre côté de la
cheminée se chauffait, assis, l'héritier présomptif de la
couronne, le prince Horribilis, laid et méchant comme
un singe; il faisait l'orgueil et la joie de sa mère, qui
ne voyait en lui qu'un esprit gracieux et pénétrant, et
il effrayait d'avance ceux qui craignaient de devenir
ses sujets. Rangés en demi-cercle, les courtisans se tenaient debout autour de la famille royale, et semblaient
attendre en bataille l'entrée de Pierrot.

Celui-ci se présenta simplement et sans embarras.
Il n'avait pas vu la cour, mais l'éducation que lui avait
donnée la fée Aurore le mettait dès l'abord de plain-
pied avec tous ceux qu'il voyait. Arrivé à quelques pas
du roi, il s'arrêta modestement.

— Approche, drôle, lui dit gaiement le roi. D'où
sors-tu? Je ne t'ai jamais vu.

— Sire, dit Pierrot, le soleil ne regarde pas les hommes, mais tous les hommes regardent le soleil.

Cette réponse fit le meilleur effet. Vantripan, flatté de se voir comparé au soleil, croisa ses mains sur son ventre avec satisfaction. Quant à Pierrot, s'il répondait par une flatterie, c'est qu'il ne se souciait pas d'une réponse plus directe. Au milieu de tant de grands seigneurs, il sentait qu'il n'aurait pas beau jeu à dire : Je suis Pierrot, fils de Pierre le meunier et de Pierrette sa femme. Cette généalogie honnête, mais modeste, aurait fait rire toute la cour. Pierrot ne reniait pas sa famille, mais il n'en parlait pas; c'était un commencement d'ingratitude.

Quoi qu'il en soit, dès les premiers mots Pierrot fit merveille. La reine lui fit quelques questions et trouva ses réponses admirables. Le prince Horribilis lui dit des méchancetés qui furent repoussées avec fermeté par Pierrot, mais sans qu'il osât riposter à un si dangereux adversaire. La princesse Bandoline elle-même daigna détourner ses yeux de la glace où elle se contemplait elle-même, et après l'avoir considéré quelque temps au moyen d'un lorgnon à verre de vitre, elle se pencha vers sa mère et dit assez haut pour être entendue de Pierrot :

— Il est assez bien de sa personne, ce petit.

Ce fut le signal des compliments. Toute la cour se jeta sur Pierrot et voulut l'embrasser. Celui-ci ne savait comment se débarrasser de la foule d'amis qu'il

avait acquis si subitement; il s'en tira pourtant avec
assez de bonheur, grâce aux secours de la fée Aurore
qui, sans se montrer, lui soufflait toutes ses réponses.

Pour que la leçon fût complète, elle voulut aider
elle-même à sa fortune.

La voix de Vantripan fit cesser ce tumulte.

— Pierrot, dit-il, tu me plais, et je t'attache à notre
personne sacrée. Je te donne une compagnie dans mes
gardes.

— Il faut convenir, pensa Pierrot, que je suis né
coiffé. Qui m'aurait dit cela dans la forêt des Ardennes?

Il se précipita aux genoux du roi, baisa sa main
royale et celles de la reine et de la belle Bandoline;
quant au prince Horribilis, au moment où Pierrot s'a-
vançait pour la même cérémonie, il lui appliqua sur le
nez une croquignole si vive, que le malheureux page
recula de trois pas.

— Qu'est-ce? dit Vantripan.

— C'est votre nouveau capitaine qui vient de se
heurter le nez, dit sur-le-champ Horribilis.

Pierrot n'osa le démentir.

— A-t-il de l'esprit, mon bel Horribilis! dit la reine
qui avait vu donner la croquignole.

— Assez, répondit négligemment la belle Bandoline, qui lissait ses cheveux avec ses doigts blancs
comme la neige.

— Maintenant, dit Vantripan en se levant, nous avons assez travaillé aujourd'hui. Si nous faisions une petite collation?

Tout le monde le suivit, même Pierrot, qui fit collation, et soupa avec messieurs les capitaines des gardes.

Dès le lendemain il entra en fonction, fit l'exercice du cheval et du sabre, et montra des dispositions admirables.

En peu de jours il l'emporta sur tous ses camarades, ce qui lui ôta le peu d'amis qu'aurait pu lui laisser sa rapide fortune. Si facile à réparer que fût cette perte, Pierrot s'y montra sensible : il n'était pas encore accoutumé au bel air de la cour et aux usages du monde.

Un mois après l'arrivée de Pierrot, le bruit se répandit que le géant Pantafilando, empereur des îles Inconnues, sur la réputation de beauté de la princesse Bandoline, la faisait demander en mariage. Tout le monde sait que les îles Inconnues, semblables à l'île de Barataria du fameux Sancho Pança, sont situées en terre ferme à cinq cents lieues au nord des monts Altaï, et confinent au Kamtschatka. On sait aussi que ces îles sont appelées Inconnues à cause du grand éloignement où elles sont de la mer et des poissons, qui jamais n'en entendirent parler. L'occasion se présentera peut-être plus tard de donner sur cette géographie nouvelle quelques détails que j'emprunterai aux

livres magiques du magicien Alcofribas. La description
du magicien commence ainsi :

Ce qui veut dire, dans la langue qu'emploient le diable et ses adeptes pour communiquer ensemble :

Hrhadhaghâ, mhushkhokhinhgûm,
Bhahrhatâ, Abbrakhadhabrâ.

Et en français :

Écoutez tous, petits et grands,
Celui qui mange les petits enfants.

Revenons à la demande en mariage du géant Pantafilando. Ce grand prince n'avait pas cru qu'elle pût
être rejetée; aussi vint-il la faire lui-même à la tête de
cent mille cavaliers qui entrèrent le sabre au poing
dans la capitale de la Chine, et l'accompagnèrent à cheval jusqu'au grand escalier du palais du roi.

Par hasard, Pierrot était de garde ce jour-là avec
sa compagnie. Il fut un peu étonné de cet appareil, et
descendit l'escalier pour tenir la bride du cheval, pendant que le géant mettait pied à terre avec toute sa
suite. Pantafilando, remettant son cheval à un palefre-
nier nègre, monta les degrés côte à côte avec Pierrot.

Au dernier, Piérrot se retourna et vit que les cent mille Tartares suivaient leur prince dans le palais. Il s'arrêta et dit au géant :

— Sire, S. M. le roi de la Chine sera sans doute très-heureux de vous donner l'hospitalité dans son palais, mais il est bien difficile de loger tous ces braves cavaliers.

— Eh bien, dit gaiement Pantafilando, ceux qui ne pourront pas entrer resteront dehors. D'ailleurs, mes soldats ne sont pas difficiles. N'est-ce pas, amis, que vous n'êtes pas difficiles?

— Non, non, crièrent à la fois d'une voix de tonnerre les cent mille Tartares ; nous ne sommes pas difficiles. Nous coucherons un peu partout.

— Avez-vous la gale? cria Pantafilando.

— Non.

— Avez-vous la teigne?

— Non.

— Avez-vous la peste?

— Non.

— Entrez donc!

Pierrot regarda autour de lui. La compagnie dont il avait le commandement était de cent hommes seulement, qui tremblaient de peur à la vue du seul Pantafilando. Engager le combat et faire respecter la consigne eût été folie. C'était mettre à feu et à sang la capitale de l'empire. Manquer à sa consigne, c'était se faire couper le cou, et Pierrot savait bien que le grand

Vantripan n'y manquerait pas, ne fût-ce que pour se venger de la frayeur que lui inspirait l'empereur des îles Inconnues.

— De quoi s'avise ce grand escogriffe, disait-il, de faire un pareil esclandre ? S'il veut se marier, n'y a-t-il pas des filles dans son pays ? Après tout, qu'est-ce qu'une femme ? C'est un être plus petit que nous, plus bavard, plus médisant, plus paresseux, plus joli si l'on veut, qui porte plusieurs jupons et qui n'a pas de barbe. N'est-ce pas là de quoi massacrer des centaines de mille hommes et brûler tout un pays ?

A ce moment de ses réflexions, il sentit une douleur assez vive, comme si on lui tirait les oreilles. C'était la fée Aurore. Elle avait entendu ce beau monologue.

— Pierrot, dit-elle, j'ai bien envie de te planter là, car tu n'es pas bon à grand'chose. Dis-moi, connais-tu ce beau vers de M. Legouvé ?

... Parle mieux d'un sexe à qui tu dois ta mère.

— Hélas ! dit le pauvre capitaine, M. Legouvé s'est-il jamais trouvé en face du féroce Pantafilando et de ses cent mille Tartares ?

— Laisse-moi faire et ne t'inquiète pas des Tartares.

En même temps elle parut en costume de dame d'honneur aux yeux du géant, qui ne l'avait pas en-

core vue. Vous imaginez assez ce que devait être la
fée Aurore en dame d'honneur. Les plus belles filles
d'Ève n'étaient auprès d'elle que des cailloux bruts,
comparés aux purs diamants de Golconde. C'était une
grâce, une lumière, une divinité. Tout en elle paraissait rose, transparent, diaphane, fait d'une goutte de
lait dorée par un rayon de soleil. Elle regarda les cent
mille Tartares, et tous, d'un commun accord, se pros-
ternèrent contre terre. Pantafilando lui-même en fut
ébranlé jusqu'au fond du cœur; il se sentit subitement
radouci, ramolli, et saisi d'un transport de joie dont
la cause lui était inconnue. Quant à Pierrot, il était
ravi et transporté en esprit au-dessus des planètes. Il
ne craignait plus ni le géant ni personne. Il ne craignait que de ne pas exécuter assez vite les ordres de
sa marraine.

— Seigneur, dit-elle à Pantafilando, la princesse
Bandoline, ma maîtresse, qui a depuis longtemps entendu parler de vos exploits, est ravie de vous voir.
Mais elle vous prie d'entrer seul dans ce palais avec
deux ou trois officiers. C'est en habit de fête et non en
habit de guerre qu'il faut venir voir sa fiancée.

— Mon enfant, dit le gros Pantafilando, si ta maîtresse a seulement la moitié de ta beauté, mon cœur
et ma main sont à elle; mais, sans aller plus loin, si
tu veux m'épouser, je te fais dès à présent impératrice
des îles Inconnues, et pour peu que tu le désires, j'y
joindrai le royaume de la Chine, que mes Tartares et

2

moi nous dévorerons en un instant. Nest-ce pas, a nis? dit-il en se tournant vers son escorte.

— Oui, oui, s'écrièrent à la fois les cent mille Tartares en remuant les mâchoires comme des castagnettes; nous mangerons la Chine et tous ses habitants.

Cette armée était si admirablement disciplinée, que chaque soldat buvait, mangeait, dormait, marchait et parlait à la même heure, à la même minute que tous ses camarades. C'était un modèle d'armée. Chaque matin on lui disait ce qu'elle devait penser dans la journée, et, en vérité, il n'y avait pas d'exemple de soldat qui eût pensé à droite ni à gauche contre les ordres de son chef.

— Seigneur, répliqua la fée en souriant, tant d'honneur ne m'appartient pas; mais souffrez que j'annonce votre arrivée à ma maîtresse. Et elle disparut.

— Corbleu! dit le géant en passant sa langue sur ses lèvres, comme un chat qui lèche ses babines après dîner, comment t'appelle-t-on, capitaine?

— Pierrot, seigneur.

— Corbleu! capitaine Pierrot, par le grand Mandricard mon aïeul, premier empereur des îles Inconnues, voilà une jolie fille, et je veux lui faire plaisir. Holà! trois généraux! qu'on me suive, et que tous les autres remontent à cheval et attendent mes ordres, la lance en arrêt. Toi, Pierrot, montre-moi le chemin.

Pierrot ne se fit pas prier. Il entra dans la salle à

manger, qui était aussi la salle d'audience du grand
Vantripan. La porte n'ayant que 60 pieds de haut, Pantafilando, qui marchait sans précaution, se cogna le
front contre le montant supérieur. Il entra en jurant
horriblement.

— Que mille millions de canonnades renversent ce
palais sur la tête de ceux qui l'ont bâti et de ceux qui
l'habitent !... s'écria-t-il d'une voix si forte que toutes
les vitres de la salle se brisèrent en éclats.

— Diable! dit Pierrot, les affaires vont mal.

Vantripan était assis sur son trône. Sa famille était
ses côtés avec toute la cour; mais au seul bruit de
la voix de Pantafilando, toutes les dames s'enfuirent
saisies d'une terreur panique. Les courtisans auraient
bien voulu suivre cet exemple; mais les portes étaient
trop étroites pour donner passage à tout le monde, et
beaucoup furent forcés, ne pouvant fuir, de faire contre
mauvaise fortune bon cœur.

— Quel est l'officier de garde aujourd'hui! s'écria
Vantripan d'une voix mal assurée.

— C'est moi, sire, répondit Pierrot qui avait repris
tout son sang-froid.

— Quelle est la consigne?

— De couper le cou à tous ceux qui entrent ici
sans permission.

— Eh bien, pourquoi n'as-tu pas coupé le cou à cet
immense Tartare, et pourquoi laisses-tu entrer ici le
premier venu?

Pierrot allait répondre, le géant l'interrompit.

— Le premier venu! s'écria Pantafilando. Oui, certes, le premier venu de cent mille Tartares qui n'attendent à ta porte que mon signal pour te casser en mille morceaux, toi et ta ville de porcelaine et tes coquins de sujets, dont aucun n'ose me regarder en face.

— Prenez la peine de vous asseoir, monseigneur, dit alors Vantripan en présentant lui-même son fauteuil au géant, et excusez l'incivilité de mes officiers qui ne vous ont peut-être pas traité avec tous les égards dus à votre rang. Et, à propos, seigneur, à qui ai-je l'honneur de parler?

— Ah! ah! vieux cafard, dit le bruyant Pantafilando, tu ne me connais pas, mais à ma mine seule tu as deviné que j'étais un hôte illustre. Je suis le géant Pantafilando, si connu dans l'histoire; Pantafilando, empereur des îles Inconnues, souverain des mers qui entourent le pôle et des neiges qui couvrent les monts Altaï; Pantafilando, qui a conquis le Beloutchistan, le Mazandéran et le Mongolistan; qui fait trembler l'Indoustan et la Cochinchine; qui rend muets comme des poissons le Turc et le Maure, et devant qui la terre frissonne comme l'arbre sur lequel souffle l'ouragan, pendant que l'Océan demeure immobile de frayeur; je suis Pantafilando, l'invincible Pantafilando.

Durant ce discours, tous les assistants mouraient de peur. Pierrot seul regarda le géant sans pâlir.

— Voilà, pensa-t-il, un grand fanfaron; mais sa barbe rousse, ses moustaches retroussées en croc et sa voix de chaudron percé ne m'effrayent pas.

— A quel heureux événement devons-nous le plaisir de vous voir? dit Vantripan.

— Je viens te demander en mariage ta fille Bandoline, la Reine de Beauté.

— Je vous la donne avec beaucoup de plaisir, s'écria Vantripan. Elle ne pouvait pas trouver un époux plus digne d'elle. Elle est à vous, avec la moitié de mes États.

— J'en suis enchanté, s'écria Pantafilando, et la dot ne me plaît pas moins que la fiancée. Entre nous, mon vieux Vantripan, tu es un peu âgé pour gouverner encore un si grand empire, et tu feras bien de prendre du repos. Dans une famille bien unie, un gendre est un fils. Tout n'est-il pas commun entre un père et ses enfants? La Chine nous est donc commune. Or, quand un bien est commun à deux propriétaires, si l'un des deux est paralytique, c'est à l'autre de le remplacer dans l'administration de la propriété commune. Tu es paralytique d'esprit, impotent de corps; donc, moi qui suis sain de corps et d'esprit, je te remplace dans le gouvernement et dans l'administration du royaume. C'est un lourd fardeau; mais, avec l'aide de Dieu, j'espère y suffire.

— Mais je ne suis pas paralytique, essaya de dir Vantripan.

2.

— Tu n'es pas paralytique! dit Pantafilando feignant
d'être étonné. On m'avait donc trompé. Si tu n'es pas
paralytique, prends ce sabre et défends-toi.

— Hélas! seigneur, dit tristement le pauvre Vantripan, je suis paralytique, étique et phthisique si vous
le voulez. Prenez mes États, mais ne me faites pas de
mal.

— Vous faire du mal, dit Pantafilando, faire du mal
à un beau-père si tendrement aimé! Que le ciel m'en
préserve. Vous n'avez pas d'ami plus fidèle que moi,
maintenant que mes droits au trône de la Chine sont
reconnus. Qu'est-ce que je demande, moi? la paix, la
tranquillité, le maintien de l'ordre et le bonheur des
honnêtes gens.

Le prince Horribilis, plus tremblant encore que son
père, avait écouté ce dialogue sans mot dire; mais,
quand il vit l'audace et le succès de Pantafilando, la
colère lui donna du courage, et il s'avança au milieu de
la salle.

— Tu oublies, dit-il au géant, que la loi salique
règne en Chine, et que la couronne ne peut pas tomber
aux mains de ma sœur qui n'est qu'une femme.

— Et moi, suis-je une femme? cria Pantafilando
d'une voix de tonnerre. Viens, si tu l'oses, ver de
terre, me disputer cette couronne, et je te coupe en
deux d'un seul revers.

A ces mots, il tira son cimeterre qui avait quarante
pieds de haut, et que vingt hommes robustes n'auraient

pas pu soulever. Horribilis frémit et courut se cacher derrière le ministre de la guerre, qui se cachait lui-même derrière le fauteuil de la princesse Bandoline. Content de cette marque de frayeur qu'il prit pour une marque de soumission, le géant dit d'un ton plus doux :

—Chinois et Tartares, puisque la divine providence a bien voulu m'appeler, quoique indigne, au gouvernement de ce beau pays, je jure de remplir religieusement mes devoirs de souverain, et je vous demande de me jurer à votre tour fidélité aussi bien qu'à mon auguste épouse, la belle Bandoline.

— Nous le jurons, s'écria toute l'assemblée avec l'enthousiasme habituel en pareille circonstance. Pierrot seul ne dit rien.

Le géant s'agenouilla et voulut baiser la main de sa fiancée; mais celle-ci, effrayée de se voir unie à un pareil homme, ne put s'empêcher de se cacher le visage dans les mains en pleurant.

— Ne faites pas la prude ni la mijaurée, s'écria Pantafilando, ou par le ciel! je...

— Que feras-tu? dit Pierrot d'un ton qui attira sur lui l'attention générale.

Jusqu'ici notre ami avait gardé un silence prudent. Au fond, il se souciait fort peu que Vantripan ou Pantafilando régnât sur la Chine. Que me font leurs affaires? pensait-il. Vantripan m'a nommé capitaine des gardes, et je suis prêt à me battre pour lui, s'il m'en

donne le signal ; mais, s'il ne réclame pas mes secours,
s'il se laisse détrôner, s'il aime mieux la paix que la
guerre, est-ce à moi de me faire estropier pour lui ? Si
les Chinois supportent les Tartares, est-ce à moi de
les trouver insupportables ? Ces réflexions lui firent
garder la neutralité jusqu'au moment où il vit pleurer
la belle Bandoline. C'est ici le lieu de vous avouer une
faiblesse de Pierrot.

Il était amoureux de la princesse. J'en suis bien
fâché, car Pierrot n'était qu'un paysan, et si l'on voit
des rois épouser des bergères, on vit rarement des
reines épouser des bergers. L'amour ne raisonne pas,
et Pierrot passait toutes les nuits où il n'était pas de
garde à veiller sur les fenêtres de la trop adorée Bandoline. Il l'aimait parce qu'elle était belle, et aussi,
sans qu'il s'en rendît compte, parce qu'elle était fille
du roi et qu'elle avait de magnifiques robes. Pierrot
disait :

— Je suis capitaine, je serai général, je vaincrai
l'ennemi, je conquerrai un royaume, et je l'offrirai à
la belle Bandoline avec ma main.

Il ne parla cependant pas de son projet à sa marraine, confidente ordinaire de ses pensées, mais elle
le devina.

— Le papillon va se brûler les ailes à la chandelle,
dit-elle ; tant pis pour lui ! L'homme ne devient sage
qu'à ses dépens. Ce n'est pas moi qui ai fait la loi,
mais je ne veux pas l'aider à la violer.

L'amoureux Pierrot fut donc saisi d'indignation en voyant cette princesse adorée sur le point de passer aux mains du géant. Dans un premier mouvement dont il ne fut pas maître, il tira son sabre.

Pantafilando fut d'abord si étonné, qu'il ne trouva pas un mot à dire. Puis la colère et le sang lui montèrent au visage avec tant de force, qu'il faillit succomber à une attaque d'apoplexie. Son front se plissa et ses yeux terribles lancèrent des éclairs. Tous les assistants frémirent ; seul l'indomptable Pierrot ne fut pas ébranlé. La princesse jeta sur lui un regard où se peignaient la reconnaissance et la frayeur de le voir succomber dans un combat inégal. Ce regard éleva jusqu'au ciel l'âme de Pierrot.

— Prends le royaume de la Chine, le Tibet et la Mongolie, s'écria-t-il ; prends le royaume de Népaul où les rochers sont faits de pur diamant ; prends Lahore et Kachmyr qui est la vallée du paradis terrestre ; prends le royaume du Grand-Lama si tu veux ; mais ne prends pas ma chère princesse, ou je t'abats comme un sanglier.

— Et toi, dit Pantafilando transporté de colère, si tu ne prends pas la fuite, je vais te prendre les oreilles.

A ces mots, levant son sabre, il en asséna sur Pierrot un coup furieux.

Pierrot l'évita par un saut de côté. Le sabre frappa sur la table de la salle à manger, la coupa en deux, entra dans le plancher avec la même facilité qu'un couteau dans une motte de beurre, descendit dans la cave, trancha la tête à un malheureux sommelier qui, profitant du désordre général, buvait le vin de Schiraz de Sa Majesté, et pénétra dans le sol à une profondeur de plus de dix pieds.

Pendant que le géant cherchait à retirer son sabre, Pierrot saisit une coupe de bronze qui avait été ciselée par le célèbre Li-Ki, le plus grand sculpteur qu'ait eu la Chine, et la lança à la tête du géant avec une roideur telle que, si au lieu de frapper le géant au front, comme elle fit, elle eût frappé la muraille, elle y eût fait un trou pareil à celui d'un boulet de canon lancé par une pièce de 48. Mais le front de Pantafilando était d'un métal bien supérieur en dureté au diamant même. A peine fut-il étourdi du coup, et, sans s'arrêter à dégager son sabre, il saisit l'un des trois généraux qui l'avaient suivi, et qui regardaient le combat en silence, et le jeta sur Pierrot. Le malheureux Tartare alla frapper la muraille, et sa tête fut écrasée comme une grappe de raisin mûr que foule le pied du vendangeur. A ce coup, la reine et la princesse Bandoline, qui seules étaient restées dans la salle après la fuite des dames de la cour, s'évanouirent de frayeur.

Pierrot lui-même se sentit ému. Tous les autres spectateurs, immobiles et blêmes, s'effaçaient le long des murailles, et mesuraient de l'œil la distance qui séparait les fenêtres du fleuve Jaune qui coulait au pied du palais. Malheureusement, Pantafilando avait fait fermer les portes dès le commencement du combat. Vantripan criait de toute sa force :

— C'est bien fait, seigneur Pantafilando, tuez-moi ce misérable qui ose porter la main sur mon gendre bien-aimé, sur l'oint du Seigneur!

Le prince Horribilis, non moins effrayé, priait Dieu à haute voix pour qu'il lançât sa foudre sur ce témé-raire, ce sacrilége Pierrot, qui osait attaquer son beau-frère et aimer sa sœur.

— Lâches coquins, pensa Pierrot, si je meurs ils me feront jeter à la voirie, et si je suis vainqueur, ils recueilleront le fruit de ma victoire! J'ai bien envie de les laisser là et de faire ma paix avec Pantafilando. Rien n'est plus facile; mais faut-il abandonner Bando-line?

Tout à coup il s'aperçut que sa belle princesse était évanouie. En même temps, Pantafilando ouvrant la porte, criait à ses Tartares de venir à son secours. Je serais bien fou de les attendre, dit Pierrot; et prenant son élan, d'une main il saisit sa bien-aimée par le mi-lieu du corps, de l'autre il ouvrit la fenêtre, puis s'é-lança dans le fleuve Jaune avec Bandoline.

Son action fut si prompte et si imprévue que le géant n'eut pas le temps de s'y opposer. Il vit avec une rage impuissante Pierrot nager jusqu'à la rive opposée, et là, rendre grâces au ciel qui avait sauvé sa prin-cesse et lui d'un épouvantable malheur.

Aux cris de Pantafilando, les cent mille Tartares mirent pied à terre en même temps et montèrent dans le palais. On entendait sonner leurs éperons sur les degrés.

— Grand empereur, s'écria le premier qui parut sur le seuil de la porte, que voulez-vous? Faut-il piller? faut-il tuer? faut-il brûler? nous sommes prêts.

— Tu arrives toujours trop tard, imbécile, lui cria le géant.

En même temps d'un soufflet il le fit pirouetter sur lui-même et le jeta sur le second, celui-ci se renversa sur le troisième, le troisième sur le quatrième, et tous jusqu'au dernier des cent mille tombèrent les uns sur les autres comme un château de cartes, tant ce premier soufflet avait de force!

Quand ils se furent relevés :

— Prenez des barques, leur dit le géant, passez le fleuve, et courez sur Pierrot : vous me le ramènerez mort ou vif. Si vous revenez sans lui, je vous couperai la tête à tous.

Ces paroles donnèrent du courage à tout le monde. On se précipita dans des bateaux, on traversa le fleuve, on chercha la trace de Pierrot. On ne trouva rien.

Pierrot avait disparu ainsi que Bandoline. Les malheureux Tartares revinrent la tête basse comme des chiens de chasse qui ont manqué le gibier. Pantafilando leur fit couper à tous l'oreille droite, et fit jeter ces oreilles dans les rues pour effrayer les Chinois et

leur apprendre à quel nouveau maître ils avaient affaire.

Vantripan et Horribilis ne furent pas les derniers à
féliciter le grand Pantafilando de cet acte de justice.
La reine garda le silence. Elle ne pouvait haïr sa fille,
qui avait essayé d'échapper au géant, et, d'un autre
côté, comment excuser une jeune princesse qui se jetait à l'eau avec le fils d'un meunier?

Pendant ce temps, qu'étaient devenus Pierrot et la
belle Bandoline? Vous le saurez, mes amis, si vous
voulez lire le chapitre suivant.

II

DEUXIÈME AVENTURE DE PIERROT

PIERROT RESTAURE LES DYNASTIES

La fraîcheur de l'eau avait rendu à la belle Bandoline l'usage de ses sens. Pierrot en profita pour lui expliquer rapidement par quelle aventure il lui faisait traverser le fleuve Jaune à la nage d'une manière si inconvenable et si inusitée pour une grande princesse; il termina son discours par mille protestations de dévouement.

Bandoline fit attendre sa réponse. Elle ne savait si elle devait rire ou se fâcher, rire de la déconvenue du terrible Pantafilando qui avait cru l'épouser, ou se fâcher de l'audace de Pierrot qui avait osé, sans la consulter, la jeter à l'eau; qui l'en avait, il est vrai, retirée, mais qui montrait un dévouement trop ardent pour être longtemps désintéressé. Elle se tira d'embarras en disant que, quoiqu'il y eût dans les détails de l'affaire quelque chose de répréhensible, cependant, en gros, elle ne pouvait qu'être reconnaissante à Pierrot du soin qu'il avait pris d'elle ; qu'elle acceptait l'offre de son dévouement, sachant d'ailleurs qu'il était offert non pas à elle seule, mais à toute l'illustre race des Vantripan ; que ni son père, ni sa mère, ni son frère n'oublieraient jamais ce service, et que, suivant toute probabilité, avant peu de jours ils seraient en état de le reconnaître dignement.

Pierrot ne répliqua rien. Il vit bien que ce n'était pas le moment de s'expliquer ; d'ailleurs, de la rive opposée accouraient déjà les Tartares de Pantafilando. Il baisa trois fois l'anneau magique et invoqua la fée Aurore.

Elle parut aussitôt :

— Ami Pierrot, dit-elle, tu prends l'habitude d'agir sans me consulter, et, quand tu te trouves dans l'embarras, tu m'appelles à ton secours. Cette confiance m'honore, mais elle commence à m'ennuyer.

— Hélas ! bonne marraine, dit Pierrot se jetant à genoux et lui baisant la main, n'êtes-vous pas mon refuge éternel ? Si vous me rebutez, à qui m'adresserai-je ? N'êtes-vous pas la plus belle, la plus douce, la plus aimable des fées ?

— Il me flatte, dit la fée, donc il a besoin de moi. Voyons, que te faut-il ?

Ce dialogue se faisait presque à voix basse, et Bandoline, occupée près de là à faire sécher sa robe et à gonfler sa crinoline, ne vit pas la fée, qui était invisible pour tout autre que Pierrot, et n'entendit pas un mot de ce qu'elle disait.

Elle vit seulement Pierrot parler à voix basse et à genoux, et crut qu'il priait Dieu.

— Il faut d'abord, dit Pierrot, nous mettre en sûreté, la princesse et moi, car voici plus de dix mille Tartares qui passent le fleuve et me poursuivent; puis, s'il y avait un moyen de rendre un trône à cette belle princesse persécutée?

— On verra, dit la fée; mais toi, mon cher filleul, qui fais le chevalier errant, ne compte pas trop sur les bonnes grâces de ta dame; souviens-toi qu'elle sera deux fois ingrate, comme femme et comme reine, car il n'y a rien de plus oublieux et de plus ingrat que les rois et les femmes, et ne viens pas te plaindre auprès de moi de tes chagrins d'amour.

— Ne craignez rien, adorable marraine, dit Pierrot, je ne veux aucun salaire pour mes services; elle ne pourra donc pas être ingrate.

— Bien, bien, cela te regarde; mais défie-toi de cette petite personne.

A ces mots, et comme les premiers Tartares allaient aborder sur la rive, elle enleva Pierrot et Bandoline dans un nuage et les déposa à cent cinquante lieues de là, dans un petit bois près duquel campait l'armée du grand Vantripan.

Cette armée se composait de cinq cent mille Chinois qui recevaient pour solde, chaque matin, une ration

de riz et la permission d'aller boire l'eau du fleuve
Jaune qui coulait près de là. Chaque soldat, comme il
est naturel, apportait au service de sa patrie une dose
de courage et de zèle patriotique équivalente à sa ration
de riz : c'est-à-dire qu'il prenait le chemin de gauche
quand un Tartare prenait celui de droite. Un malheur,
disait le Chinois, est si vite fait : lorsque deux hommes
belliqueux ont les armes à la main, qu'ils sont ennemis, qu'il n'y a personne pour les séparer, il vaut
mieux qu'ils se séparent eux-mêmes d'un commun accord que de s'exposer à couper la gorge à des gens qui
sont pères de famille ou qui peuvent le devenir. C'est
pour cela qu'au premier bruit de l'entrée de Pantafilando en Chine, le général en chef donnant le premier
l'ordre et l'exemple de la retraite, ils avaient établi
leur camp à plus de deux cents lieues de la route que
devaient suivre les Tartares.

A peine Pierrot et la princesse eurent-ils mis le
pied à terre qu'ils se dirigèrent vers la tente du général en chef. Cet indomptable guerrier, nommé Barakhan, était le neveu de Vantripan, et il avait plus d'une
fois jeté les yeux avec envie sur sa cousine et sur la
couronne que portait son oncle. Aussi Vantripan, avec
son discernement ordinaire, l'avait, pour l'éloigner
de la cour, mis à la tête de l'armée. A peine la princesse eut-elle fait le récit de ses malheurs et raconté
les exploits de Pierrot à son cousin, que celui-ci frappa
dans ses mains. Un esclave parut.

— Qu'on appelle les généraux au conseil, et que toute l'armée prenne les armes !

En même temps il se revêtit des insignes royaux, et quand tous les principaux officiers furent assemblés, il prit, au grand déplaisir de Pierrot, la main de sa cousine, et dit :

— Amis, Vantripan est détrôné; Horribilis ne vaut guère mieux. Tous deux sont prisonniers du cruel Pantafilando. Je suis donc l'héritier légitime de la couronne, et j'épouse ma cousine que voici, la princesse Bandoline, Reine de Beauté. Si quelqu'un de vous s'y oppose, je vais le faire empaler.

— Vive le roi Barakhan Ier ! cria tout d'une voix l'assemblée.

La princesse Bandoline tourna sur Pierrot des yeux si languissants et si beaux qu'il ne put résister à leur prière.

— A bas Barakhan l'usurpateur ! cria-t-il avec courage. Vive à jamais Vantripan, notre roi légitime !

— Qu'on saisisse cet homme et qu'on l'empale, dit Barakhan.

Pierrot tira son sabre et décrivit en l'air un cercle. Trois têtes de mandarins tombèrent comme des pommes trop mûres et roulèrent aux pieds de l'usurpateur. Tout le monde s'écarta. Barakhan lui-même sortit de la tente en courant et appelant ses gardes. En quelques minutes Pierrot se vit entouré de six mille hommes. Personne n'osait l'approcher, mais on faisait pleuvoir sur lui une grêle de pierres et de flèches.

— Où me suis-je fourré ? pensa ce héros. Et il se
précipita au plus épais de la foule ; mais si prompt que
fût son mouvement, celui des assaillants fut plus
prompt encore à l'éviter. Il se trouva le centre d'un
nouveau cercle aussi épais que le premier, aussi facile
à forcer, aussi prompt à se reformer. Heureusement il
lui vint une idée. Il aperçut Barakhan qui, monté à
cheval et caché derrière ses gardes, les excitait à se
jeter sur lui. Sur-le-champ, d'un bond, il saisit, à
droite et à gauche, un homme de chaque main, et,
sans faire de mal à ses deux prisonniers, il les appliqua
l'un sur sa poitrine et l'autre sur son dos pour se ga-
rantir des flèches qu'on lui lançait. Aussitôt les gardes
cessèrent de le harceler pour ne pas frapper leurs
camarades. Pierrot profita de ce temps d'arrêt, lâcha
le prisonnier qu'il tenait serré sur sa poitrine, et faisant tournoyer son sabre autour de sa tête avec la
force lente, régulière et irrésistible d'un faucheur qui
coupe l'herbe des prés, il abattit en une minute quinze
ou vingt têtes parmi les plus voisines. On s'écarta de
nouveau et si brusquement, que Pierrot se trouva en
face de Barakhan. Celui-ci voulut fuir, mais la foule
était trop épaisse. Il lança son cheval sur Pierrot, mais
notre ami l'évita, prit d'une main la bride du cheval,
et de l'autre saisissant Barakhan par la jambe, il l'enleva de la selle, le fit tourner quelque temps comme
une fronde, et le lança avec une telle force que le mal-

heureux prince s'éleva dans les airs jusque au-dessus des nuages. En retombant il aperçut, à droite, les sommets neigeux du Dawâlagiri, qui réfléchissaient les rayons du soleil, et à gauche les monts Kouen-Lun, qui dominent la Grande-Mandchourie et qu'aucun voyageur n'a encore visités; mais il n'eut pas le temps de faire part à l'Académie des sciences de ses découvertes, parce qu'au bout de quelques minutes on le trouva fracassé et brisé en mille morceaux.

A ce spectacle, un cri unanime s'éleva dans l'assemblée :

— Vive le roi Vantripan! Vive Pierrot, notre général! Vive la princesse Bandoline! etc. Et tout le monde courut baiser le pan de l'habit de Pierrot.

— Qu'est-ce? s'écria-t-il, tout à l'heure vous m'avez voulu empaler; à présent, vous m'adorez. Avez-vous menti? ou mentez-vous?

— Nous ne mentons jamais, seigneur capitaine. Nous sommes toujours les serviteurs du plus fort. Tout à l'heure nous avons cru que Barakhan était le plus fort, nous lui avons obéi. Maintenant nous voyons que vous l'êtes, et nous vous obéissons. Qu'il soit maudit, cet usurpateur, ce Barakhan qui nous a trompés!

— Si jamais je suis roi, pensa Pierrot, je me souviendrai de la leçon. Mais hâtons-nous de rassurer cette pauvre princesse; elle a dû trembler pour ma vie.

Bandoline n'avait pas tremblé pour la vie de Pier-

rot. Elle haïssait Barakhan; elle avait, pour s'en délivrer, demandé du secours à Pierrot; mais elle regardait la vie de Pierrot comme lui appartenant par
droit divin, ainsi que toutes les autres choses de ce
monde. C'est ce que le pauvre Pierrot, aveuglé par son
amour et son ambition, ne comprenait pas.

Elle le reçut avec une dignité froide, lui permit à
peine de s'asseoir, et lui commanda de mettre sur-le-
champ l'armée en marche pour reprendre la capitale
de la Chine et détrôner Pantafilando. Pierrot obéit en
soupirant, mais au premier ordre qu'il donna de marcher à l'ennemi, toute l'armée lui tourna le dos.

— Lâches coquins! leur cria Pierrot; et, profitant
de ce qu'un des généraux avait le dos tourné, il l'enleva d'un coup de pied dans le derrière jusqu'à la
hauteur du toit du palais. Le pauvre général retomba
heureusement sur ses pieds, et ôta respectueusement
son bonnet orné de clochettes qui servaient à effrayer
l'ennemi.

— Seigneur, dit-il à Pierrot, nous vous aimons,
nous vous respectons, nous vous craignons surtout;
mais, au nom du ciel! ne nous demandez pas ce que
nous ne pouvons pas faire. Le bon Dieu nous a refusé
le courage; voulez-vous que nous nous battions malgré nous?

— Magots chinois! dit Pierrot.

— Eh bien! oui, seigneur, nous sommes des magots; mais quoiqu'il y ait des têtes beaucoup plus

3.

belles, quoique la vôtre, en particulier, soit admirablement belle et pleine d'esprit et de courage, seigneur, j'ose le dire, je préfère encore la mienne, elle va mieux à mon cou et à mes épaules.

— Sac à papier! dit Pierrot, comment faire?

— Partons-nous? dit la belle Bandoline sortant de la tente, où elle avait passé à se parfumer, habiller, peigner et pommader tout le temps que Pierrot se battait et haranguait les Chinois.

— Par saint Jacques de Compostelle! pensa Pierrot, il faut avouer que je suis bien fou : j'ai failli déjà deux fois aujourd'hui me faire casser la tête pour cette merveilleuse princesse, sans qu'elle ait seulement daigné me remercier.

Cette réflexion, aussi triste que sensée, ne l'empêcha pas de se précipiter au-devant de la princesse et d'être prêt à lui faire le sacrifice de sa vie. C'est le propre de l'amour de se suffire à lui-même et de se dévouer sans récompense.

Il faut tout dire : au fond de l'amour de Pierrot il y avait un peu d'espoir et beaucoup de vanité. Je ferai, pensait-il, de si belles actions et j'acquerrai tant de gloire, qu'elle finira par m'aimer. A mon âge, encore inconnu, paysan il y a un mois, être aujourd'hui le seul appui d'une si grande et si belle princesse, cela n'est arrivé qu'à moi, Pierrot. La fortune me devait cette gloire.

— Princesse, dit-il à Bandoline, nous partons seuls.

L'armée a peur de Pantafilando et refuse de nous suivre.

— Et vous l'avez souffert? dit-elle.

Il y avait dans ce mot et dans le regard qu'elle lança sur Pierrot tant d'estime de son courage et tant de reproche en même temps, qu'il faillit tourner bride et massacrer les cinq cent mille Chinois pour les forcer de marcher à l'ennemi ; mais la réflexion le rendit plus sage, et il se contenta de répondre :

— Princesse adorable, pleine lune des pleines lunes, pour vous je traverserais les mers à la nage, je défierais le monde ; mais je ne puis faire marcher des gens qui veulent s'asseoir. Le roi Salomon dit, « qu'il est impossible de faire boire un âne qui n'a pas soif. »

— Pierrot, dit la belle Bandoline, vous m'offrez toujours ce que je ne vous demande pas. Que m'importe que vous traversiez les mers à la nage ? Il n'y a pas de mer d'ici à la capitale de mon père, et s'il y en avait, je trouverais bien plus commode de m'embarquer sur un beau vaisseau monté par des matelots habiles. Ce que je veux, c'est que vous conduisiez cette armée au secours de mon père Vantripan.

— Eh bien ! dit Pierrot découragé, parlez-leur vous-même.

La belle Bandoline leur fit un discours magnifique où elle rappela les exploits de leurs aïeux ; elle leur parla du danger de la patrie, de leurs femmes, de leurs

enfants, et leur vanta la gloire de rétablir sur son trône
le monarque légitime.

Mais les Chinois firent la sourde oreille.

— Partons seuls, dit Bandoline indignée; et, grâce
à des chevaux plus rapides que le vent, ils arrivèrent,
elle et Pierrot, dix jours après dans la capitale de la
Chine, où d'abord ils descendirent de nuit dans une
hôtellerie pour prendre langue.

Pantafilando n'avait pas perdu de temps après le départ de Pierrot. Entre autres sages décrets, il avait
ordonné que tous les Chinois se lèveraient à six heures
du matin et se coucheraient à huit heures du soir, et
qu'on raccourcirait de toute la tête tous ceux dont la
taille dépassait cinq pieds cinq pouces. Tout le monde
avait applaudi à ces deux décrets, excepté, bien entendu, les Chinois de cinq pieds six pouces, qui se
tenaient cachés dans leurs caves de peur du bourreau.

Pierrot apprit en même temps que sa tête était mise
à prix; mais cette nouvelle ne l'inquiéta pas beaucoup.
Il comptait bien la défendre vigoureusement. Le soir
même il alla, dans l'obscurité, placarder sur le mur
du palais l'affiche suivante :

« Au nom de Sa Majesté éternelle et invincible, Vantripan IV, roi légitime de la Chine, du Tibet, des
deux Mongolies, de la presqu'île de Corée et de tous
les Chinois bossus ou droits, noirs, jaunes, blancs ou
basanés, qu'il a plu au ciel de faire naître entre les

monts Koukounoor et les monts Himalaya, Pierrot,
général en chef de Sadite Majesté, défie, dans un
combat à mort, le géant Pantafilando, empereur des
îles Inconnues, soi-disant roi de la Chine. »

Une ancienne loi obligeait les prétendants au trône
de la Chine de vider leur querelle en combat singulier,
et d'éviter ainsi d'inutiles massacres. Pierrot comprit
avec raison que Pantafilando, fier de sa force et de son
courage, accepterait le combat.

Dès le matin, Pantafilando aperçut l'affiche, qui était
imprimée en lettres gigantesques, et fit annoncer à son
de trompe, dans la ville, que Pierrot pouvait se présenter sans crainte dans l'arène, et que le combat aurait lieu à trois heures de l'après-midi. Si le géant suc-
combait, tous les Tartares devaient quitter la Chine;
s'il était vainqueur, Bandoline serait le prix de la victoire.

La belle princesse trouva d'abord cette condition
fort dure; mais bientôt, se rappelant le courage et l'a-
dresse de Pierrot, et voyant bien qu'après sa mort elle
serait livrée sans défense au premier venu, elle accepta
et alla s'asseoir sur un fauteuil magnifique, à quelques
pas duquel devait avoir lieu le combat.

Pierrot ne manqua pas, après avoir fait ses prières
à Dieu, d'invoquer la fée Aurore. Elle secoua la tête
d'un air de mauvais augure et lui dit :

— Mon ami, il en est temps encore, veux-tu rentrer

dans la cabane de ton père et laisser là ta princesse ?
Je la connais, elle s'en consolera très-vite, et tu pour-
ras faire tranquillement le bonheur de tes parents et le
tien propre. Crois-moi, renonce à ce combat. Ce sera
pour toi, je le prévois, la source d'une douleur cruelle.

— Dût-il m'en coûter la vie, dit l'héroïque Pierrot,
je défendrai ma princesse.

— Va donc, dit la fée Aurore, et entre dans l'arène,
car Pantafilando t'attend.

En effet, le géant provoquait déjà Pierrot. Tous deux
étaient armés : le géant de son grand sabre et d'une
lance de cent pieds de long ; Pierrot d'un sabre seulement. Il comptait sur son adresse bien plus que sur sa
force.

Du premier coup, Pantafilando, poussant brusquement sa lance sur Pierrot, manqua de l'embrocher
comme une mauviette. Le fer de la lance rencontra le
manteau court de Pierrot (c'était la mode alors) et le
déchira dans toute sa longueur. Pierrot dégrafa son
manteau et se trouva en simple pourpoint. Il prit son
élan, et, d'un bond impétueux, il alla donner la tête la
première, comme une catapulte, contre la poitrine du
géant. Celui-ci, étourdi du coup, chancela un instant,
tourna sur lui-même et tomba en arrière. Pierrot courut à lui sur-le-champ pour lui mettre le pied sur la
gorge, mais Pantafilando, dans ses efforts pour se relever, le frappa du pied si violemment qu'il fut renversé et jeté à trois cents pas.

Jusqu'ici le combat paraissait égal ; mais Pierrot, quoique renversé une fois, n'avait rien perdu de sa force, tandis que le géant, ébranlé du choc terrible qu'il avait reçu dans la poitrine, ne se soutenait plus qu'à peine, semblable à une puissante muraille à demi renversée par la canonnade.

— Qu'on m'apporte à boire, dit le géant.

Et prenant une barrique remplie de vin, il la vida d'un trait. Puis, en loyal adversaire, il fit offrir du vin à Pierrot qui but, le remercia, et lui cria :

— En garde !

Pantafilando saisit une des portes du cirque où avait lieu le combat et la jeta sur Pierrot. Celui-ci, saisissant une autre porte, para le coup et lança à son tour sa porte, qui atteignit le géant à la cuisse. Il fut abattu du coup, et, se relevant sur un genou, essaya inutilement de continuer le combat. D'un coup de sabre il coupa une oreille à Pierrot ; mais celui-ci para encore avec son propre sabre, sans quoi celui du géant, poursuivant son chemin, l'aurait fendu en deux, et d'un revers il coupa la tête de Pantafilando.

Un long cri de joie s'éleva de toutes parts. Tout le monde cria :

— Gloire et longue vie au vaillant Pierrot !

Et la belle Bandoline, touchée de tant d'amour et de tant de courage, se leva elle-même pour aller au-devant du vainqueur ; mais quand elle ne fut plus qu'à trois pas, elle s'écria tout à coup avec horreur :

— Otez-moi cet objet effroyable!

Le malheureux Pierrot, qui s'était cru au comble du bonheur, se vit rejeté dans les abîmes du désespoir. Il avait oublié son oreille, aux trois quarts détachée par le sabre de Pantafilando. C'était cette pauvre oreille, coupée à son service, qui avait fait pousser à la princesse ce cri d'horreur, et il faut avouer qu'un héros qui n'a qu'une oreille devrait se rendre justice et ne pas paraître devant les dames.

Quoi qu'il en soit, à peine Bandoline eut-elle dit d'ôter cet objet effroyable, que Pierrot, qui se croyait l'idole du peuple, fut abandonné en un instant. Les Tartares s'étaient enfuis après la mort de leur chef. Les Chinois coururent au palais de Vantripan, le proclamèrent roi de nouveau, lui jurèrent fidélité, et Pierrot, tout saignant, alla se faire panser chez le chirurgien.

— Mort et damnation! s'écria Vantripan en se mettant à table; ma contenance ferme a singulièrement imposé à l'ennemi!

— Sire, dit le ministre de la guerre, la bouche pleine, vous avez montré une âme vraiment royale, et César n'était qu'un pleutre auprès de vous.

— J'aime à voir, lui dit le roi, qu'on me dit la vérité sans flatterie. Pour ta peine, je te donne une pension de cent mille livres sur ma cassette privée... Donne-moi du pâté d'anguilles!

— Sire, dit le ministre, je remercie Votre Majesté, et j'ose dire que mon dévouement...

— C'est bon! c'est bon! Donne-moi du pâté, morbleu! Ton dévouement m'ennuie et tes phrases me font
bâiller. Où donc étais-tu, ajouta-t-il au bout d'un instant, pendant le règne de Pantafilando?

— Sire, j'imposais, comme Votre Majesté, à ces
Tartares par ma contenance.

— Qu'est-ce qu'il y a? Tu imposais, dis-tu, comme
Ma Majesté? Tu oses te comparer à moi, bélitre?

— Sire...

— A moi, maroufle?

— Sire...

— A moi, misérable menteur? à moi, arlequin? à
moi, polichinelle? à moi?...

— Sire...

— Gardes, emmenez-le et qu'on l'empale! Voilà,
ajouta Vantripan, comment je sais punir un traître!...
Horribilis!

— Mon père?

— Va chercher Pierrot.

— Mon père, vous n'y songez pas. Moi, l'héritier
présomptif de la couronne, aller chercher un simple
officier des gardes!

— Héritier présomptif, cours chercher Pierrot, ou
je vais te jeter mon assiette à la tête!

— J'y vais, mon père, dit Horribilis.

Et il se disait en lui-même : Coquin de Pierrot, tu
me payeras cette humiliation.

Pierrot parut bientôt. Il était pansé, et, franchement,

les linges qui enveloppaient sa blessure ne l'embellis-
saient pas.

— C'est donc toi, dit Vantripan, qui as tué Pantafilando?

— Oui, sire, répondit modestement Pierrot.

— Pourquoi l'as-tu fait sans mon ordre? Je me ré-
servais d'essoriller ce bandit de ma main.

— Sire, je l'ignorais, dit Pierrot, qui riait en pensant
à la mine du grand Vantripan le jour de l'entrée de
Pantafilando.

— Je te pardonne cette fois. A l'avenir, ne montre
pas de zèle.

— Il suffit, seigneur.

— Ce n'est pas tout, Pierrot. Je veux plus que jamais, malgré ton étourderie, t'attacher à ma personne.
Je te fais grand connétable...

— Sire!...

— Grand amiral!...

— Sire!...

— Grand échanson!...

— Sire!...

— Et grand... tout ce que tu voudras. Tu ne me
quitteras plus : tu déjeuneras, dîneras, souperas avec
moi, et, pour m'endormir, tu me conteras des histoires.

— Sire, dit Pierrot, tant de faveurs vont me faire
bien des envieux.

— Tant mieux, morbleu! Je veux qu'on enrage.

— Et je crains beaucoup de mal remplir tant de fonctions à la fois.

— Qu'est-ce que cela te fait, si je te trouve propre à tout? Crois-tu que ceux qui t'ont précédé les remplissaient mieux?

— Sire, dit Pierrot poussé dans ses derniers retranchements, où prendrai-je le temps de dormir?

— Dormir! Tu ne m'as donc pas compris? c'est pour que je dorme qu'il faut que tu veilles. Dormir! Le devoir d'un fidèle sujet est de veiller sur son roi, et non de dormir.

— J'aurais mieux fait, pensa Pierrot, de suivre le conseil de la fée et de retourner à la maison.

Tant d'honneurs ne tournèrent pas la tête à Pierrot. Il aurait donné de bon cœur l'amirauté et la connétablie pour un sourire de la dédaigneuse Bandoline; mais on ne peut pas tout avoir. La première fois qu'il se présenta à la cour, il voulut lui baiser la main; elle lui tourna le dos avec mépris et d'un air si offensé, que le pauvre connétable en fut tout déconcerté.

— Hélas! disait-il, où est le temps où j'avais mes deux oreilles, où Pantafilando régnait ici, et où mon ingrate princesse chevauchait seule avec moi, trop heureuse alors que je voulusse la suivre et la défendre?

Ces réflexions firent tant d'impression sur le pauvre Pierrot qu'il pâlit, maigrit, devint malade de langueur, et n'offrit bientôt plus que l'ombre de lui-même.

La fée Aurore s'en aperçut : c'était, comme nous

l'avons dit, la plus charitable personne qui ait jamais été au ciel ou sur la terre. Elle ne donnait de conseil que lorsqu'elle était priée de le faire, et toujours avant l'événement. « Quand le mal est fait, disait-elle, il faut le réparer, et surtout ne pas jeter au nez du malheureux l'éternel refrain des pédants : *Je vous l'avais bien dit.* »

— Pierrot, dit-elle, tu as besoin de distraction ; il faut voyager.

— Chère marraine, dit d'un ton dolent le pauvre Pierrot, puis-je laisser le devoir de ma charge et les affaires publiques dont le roi Vantripan m'a confié le soin ?

— Pierrot, dit la fée, tu n'es pas sincère. Tu ne te soucies pas beaucoup des devoirs de ta charge ; et quant aux affaires publiques, crois-moi, elles ne vont jamais mieux que lorsque personne ne s'en occupe. Je sais ce qui te retient ici. Tu aimes Bandoline, et elle se moque de toi.

— Hélas ! oui, s'écria le malheureux Pierrot, elle me méprise parce que je n'ai plus qu'une oreille. Elle oublie, la perfide, que j'ai perdu l'autre à son service.

— Ami Pierrot, dit la sage fée, l'aimerais-tu encore si elle n'avait que la moitié d'un nez et qu'elle eût perdu l'autre moitié par quelque accident ?

— Ce n'est pas possible, répondit Pierrot, elle a le plus joli nez du monde, après le vôtre, chère marraine. C'est un nez dont la courbe aquiline...

— Je ne t'en demande pas la description, dit la fée.

Encore une fois, l'aimerais-tu si elle perdait la moitié
de ce nez charmant?

— Je... le... crois... dit Pierrot hésitant.

— Tu le crois? tu n'en es pas sûr, Eh bien, je suis,
moi, sûre du contraire. Tu n'en pourrais pas supporter
la vue. Pourquoi veux-tu qu'elle soit plus philosophe
que toi, et qu'elle prenne plus aisément son parti de
te voir essorillé? Les hommes se vantent d'être plus
forts, plus fermes, plus sensés, plus raisonnables que
les femmes; et, dans la pratique, ils exigent d'elles
mille fois plus de force, de fermeté, de sens et de raison.

— Comment peut-elle oublier, dit Pierrot, le service que je lui ai rendu, et le danger que j'ai couru
pour elle?

— C'est une autre affaire, dit la fée. Mais l'amour
n'est-il autre chose que de la reconnaissance, ou bien
est-ce une chose qui vient et qui s'en va sans qu'on
sache pourquoi?

— Je suis trop ignorant pour raisonner sur ce sujet,
dit Pierrot; tout ce que je sais, c'est que je l'aime et
qu'elle me méprise.

— Pierrot, dit la fée, je te quitte; tu n'es pas
d'humeur à entendre raison ni à causer métaphysique.
Adieu donc, quand tu auras besoin de moi, tu sais que
tu peux compter sur ta marraine.

Le lendemain, Pierrot fut appelé secrètement chez
le prince Horribilis. Il s'y rendit sur-le-champ, tout

étonné d'une telle faveur, car le prince royal ne l'y avait pas accoutumé.

Horribilis le reçut d'une manière si aimable que Pierrot crut s'être mépris sur son caractère.

— Je l'ai calomnié, se dit-il, quand je le croyais méchant et stupide. Ce sont ces gredins de courtisans qui lui attribuent toutes sortes de vices. Il n'est pas brave, je l'avoue, et c'est très-malheureux pour un prince, mais d'autres se chargeront d'être braves pour lui; et, qui sait? ce sera peut-être, malgré sa poltronnerie, un très-grand prince et un admirable conquérant.

Après les premiers compliments, Horribilis lui dit :

— Mon cher Pierrot, vous avez pu remarquer que j'ai toujours été votre ami, et je veux contribuer à votre fortune.

— Hum ! hum ! pensa Pierrot, si nous sommes amis, c'est de fraîche date. (*Haut.*) Seigneur, comment pourrai-je reconnaître tant de faveur?...

— En m'écoutant, interrompit le prince. Vous n'êtes pas riche, mon ami ?

— Va-t-il me faire l'aumône? dit Pierrot dont la fierté commençait à s'indigner. (*Haut.*) Seigneur, les bienfaits de votre père ont comblé mes espérances.

— Je sais... je sais... mais, entre nous, si un caprice de mon père (car il est capricieux, mon respectable père le grand Vantripan!) vous privait aujourd'hui de toutes vos dignités, demain vous seriez aussi pauvre que le jour de votre arrivée à la cour.

— Seigneur, dit Pierrot, il me resterait l'honneur; avec ce bien un homme n'est jamais pauvre. Je ne suis pas né sujet de votre auguste père, et je puis offrir mes services à un roi qui les appréciera mieux.

— Et voilà justement ce que je veux éviter, s'écria Horribilis. Pierrot, le sauveur de la Chine, le vainqueur de l'invincible Pantafilando, le soutien de la dynastie des Vantripan, irait seul et sans secours, comme défunt Bélisaire, offrir de porte en porte et de pays en pays son courage à un de nos ennemis! La Chine se déshonorerait par cette ingratitude! Non, Pierrot, je ne le souffrirai pas.

Et se levant avec enthousiasme, il serra le grand connétable dans ses bras.

— Mais comment l'éviter? dit Pierrot.

— Ah! voilà! Je suis riche, moi, et je suis ton ami. Entre amis, tout est commun. Je veux te mettre pour toujours à l'abri des caprices de mon père. Tu connais ma terre de Li-chi-ki-ri-bi-ni.

— Votre terre de Lirichiki! dit Pierrot qui ne pouvait pas s'habituer aux noms chinois.

— De Li-chi-ki-ri-bi-ni, reprit Horribilis, celle qui a vingt lieues de tour, et qui est toute fermée de hautes murailles entre lesquelles courent des milliers de tigres, de lions, de sangliers, de cerfs et de chevreuils. C'est le plus beau domaine de la Chine. Je te la donne.

— Vous me la donnez? s'écria Pierrot frémissant

de joie à la pensée des belles chasses qu'il y pourrait
faire. Ce n'est pas possible, seigneur, et votre générosité...

— Que parles-tu de générosité? Ne te dois-je pas
tout, et pourrai-je jamais m'acquitter envers toi? n'as-
tu pas sauvé ma race et mon trône?

— C'est-à-dire, reprit Pierrot, le trône de votre auguste père, qui doit un jour vous appartenir.

— Nous ne nous entendons pas, à ce qu'il paraît,
ami Pierrot.

— Je le crains, pensa le grand connétable subitement refroidi.

— Je te laisse toutes les charges que mon père t'a
données; j'y ajoute le don de ma terre de Li-chi-ki-ri-
bi-ni, et je fais de toi mon bras droit et mon premier
ministre; mais à une condition : c'est que tu me prê-
teras ton aide pour devenir roi et détrôner Vantripan.

— Détrôner Vantripan, mon bienfaiteur ! s'écria
Pierrot.

— Il veut se faire payer plus cher, pensa Horribilis.
C'est étonnant, l'ambition de ces gens de peu. Écoute,
ajouta-t-il, est-ce trop peu du don de ma terre et veux-
tu que j'y joigne le royaume du Tibet et la main de
ma sœur Bandoline?

Cette dernière offre fit palpiter le cœur de Pierrot.
Roi du Tibet! la belle Bandoline! quelle tentation
pour le fils d'un meunier et pour l'amoureux Pierrot!
Il n'hésita pas cependant.

— Monseigneur, dit-il, vous me connaissez mal. Je reçois, comme je le dois, l'honneur que vous me faites. Certes, s'il ne fallait que se jeter dans les flammes pour obtenir de vous cette adorable princesse, je m'y précipiterais sur-le-champ ; mais il s'agit d'une trahison...

— D'une trahison ! s'écria Horribilis, pour qui me prends-tu, grand connétable ? Suis-je un traître, moi ?

— Monseigneur, dit Pierrot, j'ai mal compris, sans doute. Souffrez que je me retire.

— Non, par le ciel ! Tu ne sortiras pas ainsi, emportant mon secret. Reste, Pierrot, et combats avec moi ou tu es mort. Je ne me laisserai pas dénoncer à mon père.

— Seigneur, dit Pierrot d'un ton ferme, certaines actions sont faites pour de certaines gens. Quant à moi, je ne sais ni trahir ni dénoncer.

Et il fit un pas vers la porte.

— Pierrot ! s'écria Horribilis transporté de colère, il faut me suivre ou mourir !

— Monseigneur, dit Pierrot, je ne vous suivrai ni ne mourrai.

Et, tirant son sabre, il marcha vers la porte. Au même moment, le prince frappa trois fois dans ses mains et le capitaine des gardes parut.

— Arrêtez-moi ce scélérat ! cria Horribilis.

— Ventre-Mahom ! dit Pierrot, nous allons rire.

Et il marcha sur le capitaine des gardes du prince ;

4

mais celui-ci ne s'amusa pas à l'attendre. Il s'élança si brusquement vers la porte qu'il renversa son lieutenant qui le suivait, et le sous-lieutenant qui suivait le lieutenant. A cette vue, les gardes, sans s'occuper du prince ni de leurs chefs, prirent la fuite de tous les côtés, et l'invincible Pierrot passa, jetant sur eux un regard de mépris.

En rentrant chez lui, il se jeta dans un fauteuil.

— Voilà donc, dit-il, cette cour, la plus illustre de l'univers : le roi est un glouton, sa femme est une buse, son fils est une vipère, sa fille une... Non, ne blasphémons pas ; à quoi servent les richesses et la puissance, grand Dieu?

— A rendre sages ceux qui savent s'en passer, ami Pierrot, lui dit la fée Aurore, qui parut tout à coup devant lui.

— Ah! c'est vous, chère marraine? dit Pierrot, vous venez à propos. Je suis bien malheureux. Je souffre cruellement.

— De quel mal? du mal de dents ou du mal d'amour?

— Rien, si vous voulez, marraine ; vous m'aviez bien prédit, quand j'allais combattre Pantafilando, qu'il m'en arriverait malheur. Hélas! hélas! oreille infortunée! cruel Pantafilando!

— Il ne t'a coupé qu'une oreille, et tu l'appelles cruel! Que serait-ce donc s'il t'avait coupé la tête?

— Je m'en consolerais plus aisément, dit le mélancolique Pierrot.

— Ou du moins tu garderais le silence. Voyons donc cette oreille si mal à propos détachée. Il est vrai, mon ami, qu'elle pend d'une vilaine façon, et que cela doit faire un fâcheux effet au bal... Souffres-tu beaucoup?

— Oh! oui, marraine, j'ai le cœur bien malade.

— Ce n'est rien, mon ami, mange ce morceau de sucre, cela passera.

Tout en parlant, elle prononça deux mots magiques en touchant l'oreille de sa baguette.

— Tiens! dit tout à coup Pierrot, mon oreille va mieux, mon oreille est rattachée, je suis guéri. Et il se mit à gambader dans sa chambre. Quand il en eut fait le tour douze ou quinze fois en sautant sur les chaises et renversant les tables, il se jeta à genoux devant la fée Aurore, et lui baisa la main d'un air si tendre et si reconnaissant qu'elle en fut touchée.

Tout à coup Pierrot sonna.

Un nègre parut.

— Donne-moi ma chemise de dentelles avec mon jabot, ma plus belle cravate et mon grand habit de cour.

La fée se mit à rire.

— Où vas-tu, Pierrot?

Pierrot rougit.

— Tu n'as pas besoin de parler, reprit la fée, je le vois dans tes yeux. On se moque de toi, Pierrot.

— Qu'on se moque, dit Pierrot. Si un homme me

rit au nez, je l'enverrai, d'un coup de pied, voir aux confins de la lune si j'y suis.

— Et si c'est une femme, si c'est ta belle princesse ?

Pierrot se gratta la tête.

— Va, mon ami, lui dit la bonne fée, je ne veux pas troubler le plaisir que tu te proposes, va où le destin t'appelle. Je t'attends ici.

Pierrot, tout habillé de soie, de velours et d'or, fit son entrée en grande pompe dans le palais de Vantripan. Il était monté sur un cheval noir magnifique, cousin germain du célèbre Rabican, que montait la duchesse Bradamante. Ce cheval était si léger à la course qu'il s'élançait du sommet des montagnes, et courait dans les airs comme s'il avait eu des ailes, en prenant son point d'appui dans les nuages. Chacun sait que nous pourrions, nous aussi, marcher sur les nuages si nous n'appuyions pas trop fort et trop longtemps sur ce sol mobile ; mais c'est là justement qu'est la difficulté, car il ne faut pas demeurer à la même place plus d'un millionième de seconde ; et, lourds, épais et lents comme nous sommes, aucun de nous n'a pu encore en trouver le moyen.

Le cousin germain de Rabican s'appelait Fendlair. Il faisait l'admiration et l'envie de toute la cour. Pierrot seul, par une permission de la fée Aurore, qui le lui avait donné, pouvait le monter. Le prince Horribilis ayant voulu l'essayer un jour, en l'absence de

Pierrot, fut envoyé d'une ruade jusqu'au premier
étage du palais, où, fort heureusement pour lui, il
entra par la fenêtre ouverte et tomba sur un tapis qui
amortit la chute. En se relevant, il ordonna de mettre
à mort ce cheval indomptable; mais lorsque les gardes
voulurent exécuter cet ordre, Fendlair, devinant leur
intention, s'avança d'un air si résolu sur le plus brave
d'entre eux, que celui-ci, tout troublé, tira sa flèche
au hasard. Cette flèche, mal dirigée, rencontra, par
une fatalité bien malheureuse, la bouche toute grande
ouverte du ministre de la justice qui bâillait, et le bois
de la flèche s'étant cassé dans l'effort que fit ce pauvre
homme pour la retirer, le fer resta fiché entre les deux
mâchoires sans qu'il pût fermer la bouche. On entendait sortir de son gosier des cris de rage inarticulés qui
se mêlaient aux éclats de rire du grand Vantripan et
de tous ses courtisans.

Ces éclats de rire ne durèrent pas longtemps. En
lançant des ruades de côté et d'autre, Fendlair avait
mis en fuite toute la garde royale, et se trouva face à
face, ou, si vous voulez, naseaux à nez avec son ennemi,
le prince Horribilis. Celui-ci voulut fuir, mais Fendlair
le saisit avec les dents par le milieu des reins et le porta
en courant douze fois autour de la grande cour du
palais.

— Sauvez mon fils! criait la reine.

— Au secours! hurlait Horribilis.

— A la garde! vociférait Vantripan.

4.

— La garde ? dit Pierrot paraissant tout à coup, ah !
sire, elle est loin si elle va toujours du même pas. Ils
doivent faire au moins trente lieues à l'heure.

— Au nom du ciel, Pierrot, sauve mon fils.

— Voilà une méchante affaire, dit Pierrot, et il voulut saisir Fendlair par la bride; mais celui-ci voyant
que son maître allait lui enlever sa proie, la lâcha lui-
même en grinçant des dents et en crachant un morceau de gigot qu'il avait pris dans le fond de la
culotte d'Horribilis.

— Justice ! mon père ! s'écria ce pauvre prince,
justice !

— Contre qui ?

— Contre Pierrot, mon père, et contre son cheval
enragé, dont je porterai toujours les marques. Voyez
plutôt.

A ces mots, tournant le dos à la compagnie, il lui
montra le fond de sa culotte emporté et sa blessure
plus risible que touchante. Vantripan se mit dans une
colère furieuse.

— Sabre et mitraille ! cria-t-il, tu abuses de ma patience, Pierrot.

— Sabre et mitraille ! répondit hardiment Pierrot en
criant plus fort que le roi, qu'avez-vous à vous fâcher,
Majesté, et à crier comme une oie qu'on met à la
broche ?

— Pierrot, tu es un insolent.

— Majesté, vous êtes une bête.

— Pierrot, je te ferai couper en quatre et donner en pâture à mes chiens.

— Majesté, ne m'agacez pas ; j'ai les nerfs irrités, je vous mettrais en poudre avec tous vos Chinois.

— Voyons, dit Vantripan effrayé, sois raisonnable, ami Pierrot. De quoi as-tu à te plaindre ici ? Je te ferai justice sur-le-champ.

— Je me la ferai moi-même quand je voudrai, dit fièrement Pierrot.

— Pierrot, mon bon Pierrot, je t'en supplie, sois calme.

— Que je sois calme, Majesté, quand je vois votre grand nigaud de fils, ce grand touche-à-tout qui a failli mettre en colère mon bon cheval ?

— Il a raison, dit Vantripan. Pourquoi as-tu touché ce cheval, Horribilis ?

— Mon père, dit Horribilis, c'est le cheval qui m'a jeté au premier étage de votre palais.

> Mon bon cheval est fort méchant,
> — Quand on l'attaque il se défend.

chantonnait Pierrot dans ses dents.

— Pourquoi le prince a-t-il voulu monter Fendlair malgré ma défense expresse ?

— C'est vrai, dit Vantripan, pourquoi as-tu violé la défense de Pierrot ?

— Ah! mon père, s'écria douloureusement Horribilis, quel langage tenez-vous là, vous, le roi de la Chine?

— Du Tibet, des deux Mongolies, de la presqu'île de Corée et de tous les Chinois bossus ou droits, noirs, jaunes, blancs ou basanés qu'il a plu au ciel de faire naître entre les monts Koukounoor et les monts Himalaya, continua Pierrot de la voix aiguë et monotone d'un huissier qui commande le silence ou d'un tambour de ville qui lit une proclamation de monsieur le maire:

'— Horribilis, dit le roi, va te faire panser, je te ferai justice, sois-en sûr.

Horribilis sortit.

— Et toi, dit Vantripan à Pierrot, ne lui garde pas rancune. Il n'a pas cru mal faire. Il est un peu étourdi, mais au fond il a bon cœur, je te le garantis.

— A votre sollicitation, Majesté, dit Pierrot, je lui pardonne, mais qu'il n'y revienne pas.

— J'y veillerai, dit Vantripan, heureux d'avoir apaisé son grand connétable; et maintenant, amis, mettons-nous à table.

Cette scène se passait quelques jours avant la proposition qu'Horribilis fit à Pierrot de détrôner Vantripan. Il est aisé de comprendre si Pierrot devait se défier de ce prétendant à la couronne. On comprend aussi la fierté de notre héros lorsqu'il entra dans la cour du palais, monté sur Fendlair. Vingt pages le précédaient, et, comme au convoi de Marlborough, l'un portait son

grand sabre, l'autre portait son bouclier, l'autre ne
portait rien.

Pierrot mit pied à terre dans la cour et monta lentement les degrés, la tête haute, le regard assuré, comme
un vrai fils de Jupiter. C'était l'heure du dîner. Il entra
dans la salle à manger sans être annoncé. A cette vue,
le gros Vantripan remplit sa coupe d'or d'un vieux vin
de Chio de l'année de la comète, et l'élevant au-dessus
de sa tête :

— Dieux immortels! s'écria-t-il, soyez bénis, vous
qui m'avez donné à boire du vin de Chio et à aimer un
tel ami. A ma santé, Pierrot! As-tu faim?

— Non, Majesté.

— As-tu soif?

— Non, Majesté.

— Par Brahma! qu'as-tu donc avec ta mine solen-
nelle?

— J'ai à vous parler d'affaires, Majesté.

Horribilis, qui était assis à table en face de Pierrot,
pâlit en le voyant; il crut que Pierrot allait le dénoncer, et se leva pour fuir.

— Restez assis, prince, dit gravement Pierrot, il ne
sera pas question de vous dans cet entretien.

Horribilis respira. Il comptait sur la parole de Pierrot.

Quand le roi eut vidé ses six bouteilles, il se leva de
table, l'œil brillant et plein de gaieté.

— Comme te voilà beau, dit-il. Tu es paré comme
une châsse. Vas-tu à la noce?

— A la mienne, dit Pierrot, oui, Majesté.

— Et qui épouses-tu? sans indiscrétion.

— Majesté, dit Pierrot, il n'y a pas d'indiscrétion. Si vous n'en aviez parlé le premier, j'allais vous le dire. J'ai l'honneur de vous demander en mariage la princesse Bandoline, votre fille.

— Ah! ah! dit Vantripan, n'est-ce que cela? Eh! mon ami, je te la donne. Grand bien te fasse! Ventre Mahom! je danserai à cette noce, et nous dînerons pendant huit jours sans nous lever de table.

— Sire, dit la reine, vous n'y songez pas : savez-vous seulement si celui que vous voulez prendre pour gendre est prince ou fils de prince?

— Qu'il ait pour père qui il voudra, dit Vantripan, je m'en... moque. Est-ce que Bandoline va épouser son père?

— Et si votre fille le refuse, dit la reine, qui n'aimait pas Pierrot, et qui était bien aise de trouver une excuse si légitime.

— Si ma fille n'en veut pas, ma fille est une sotte, cria Vantripan.

— Majesté, lui demanda Pierrot, je demande la permission de consulter la princesse.

Bandoline était présente et se taisait pour la première fois de sa vie. En effet, cela méritait réflexion.

— Sire, dit-elle enfin, tous les désirs de mon père sont des lois sacrées pour moi, mais...

— Bon, dit Vantripan, voilà le *mais* éternel de toutes ces belles capricieuses.

Marion pleure, Marion crie,
Marion veut qu'on la marie.

Vient le mari, Marion n'en veut pas : il est trop vieux, ou trop jeune, ou trop beau, ou trop laid, ou trop sage, ou trop débauché, ou trop avare, ou trop pauvre. Sait-on jamais ce qui se passe dans ces têtes de filles, dans ces pendules détraquées? Voyons, parle franchement, que peux-tu reprocher à Pierrot? N'es-t-il pas brave? n'est-il pas jeune? n'est-il pas plein d'esprit? n'a-t-il pas sauvé à toi la vie et l'honneur, à nous le trône? Que veux-tu de plus?

— Sire, dit Bandoline, tout cela est vrai; mais il n'a qu'une oreille.

— Eh bien, au service de qui a-t-il perdu l'autre? dit Vantripan.

— Au mien, je le sais bien; mais cela n'empêche pas qu'il ne lui reste qu'une oreille, et qu'une oreille dépareillée n'est pas belle à voir.

— Sérénissime Altesse, dit modestement Pierrot, j'ai prévu cette objection, et j'ai remis mon oreille à sa place légitime. Daignez vous en assurer vous-même. Tirez, ne craignez rien, c'est bon teint. Bien; maintenant, Altesse, daignez tirer l'autre.

La princesse tira si fort que Pierrot poussa un cri.

— Voilà, dit-elle, un grand prodige. Il a raison. Ses

deux oreilles sont vivantes ; mais je ne comprends pas
comment une blessure si grave a été guérie si vite. Il
faut qu'il y ait là-dessous quelque magie, et je ne veux
pas épouser un magicien.

— Ta, ta, ta, voilà bien une autre histoire, s'écria
Vantripan qui craignait que Pierrot ne vînt à se fâcher ;
mais il se trompait.

Pierrot, qui avait mis le genou en terre devant la
princesse, se leva avec un grand sang-froid et lui
dit :

— Altesse Sérénissime, vous n'aurez pas le chagrin
d'épouser un magicien ; mais je vous prédis, moi, sans
être un grand prophète, que vous épouserez un chien
coiffé. Sire, ajouta-t-il en se tournant du côté de Vantripan, daignez me permettre de m'absenter pour quelque temps. Il est convenable qu'un homme que vous
honorez de votre confiance fasse une tournée sur les
frontières de l'empire pour veiller à la bonne administration de l'État, et empêcher l'invasion des Tartares du grand Kabardantès, frère cadet de Pantafilando.

— Grand Dieu ! s'écria Vantripan, sont-ils si près de
nous ?

— Sire, reprit Pierrot, ne craignez rien, je vais
moi-même au-devant d'eux.

— Au nom du ciel, Pierrot, ne les brusque pas ; ils
ont le caractère mal fait. Donne-leur de l'or, de l'argent,
des esclaves, des troupeaux, des étoffes de soie, tout

ce que tu voudras; mais, à tout prix, empêche-les de venir.

— Il ne vous en coûtera que du fer, Majesté, dit Pierrot.

— Eh bien! pars, et ne reviens pas sans les avoir tués jusqu'au dernier.

— Bon voyage! dit Horribilis quand Pierrot fut parti.

— Bon débarras! dit la reine.

— Vous êtes de sottes gens, dit Vantripan, vous me fourrez toujours dans quelque querelle qui trouble ma digestion. Pierrot est parti très-mécontent; malgré sa dissimulation, je l'ai bien vu.

— Eh! que nous fait le mécontentement de Pierrot? dit la reine d'un air méprisant.

— Vous ne savez ce que vous dites, dit le pauvre Vantripan. Taisez-vous, péronnelle.

— Mais, mon père...

— Ma fille, vous êtes une chipie.

— Ma mère a raison, dit Horribilis, et...

— Quant à toi, mon cher Horribilis, tais-toi, si tu ne veux que je te fasse tordre le cou comme à un poulet. Et nous, enfants, allons souper.

Toute la cour le suivit.

Pendant ce temps, Pierrot, revenu chez lui, congédia sa suite et partit à cheval avec la fée Aurore. Si vous voulez encore me suivre, mes amis, je vous dirai dans le chapitre suivant où il alla et quel était son dessein.

5

III

TROISIEME AVENTURE DE PIERROT

La fée Aurore avait voulu accompagner Pierrot dans ses voyages. Pierrot, plus heureux encore que fier d'une pareille compagnie, avait tout à fait oublié sa mésaventure. Il riait, il chantait, il galopait, il admirait l'herbe des prés, les feuilles des arbres et jusqu'aux chenilles qui les dévorent.

— Mon Dieu! s'écria-t-il tout à coup dans un transport d'enthousiasme, que toute la nature est belle et admirable! O marraine, que je vous rends grâce de m'avoir emmené loin de cette cour, de ce gros Vantripan, de sa sotte femme, de sa plus sotte fille et de son gredin de fils!

— Oh! oh! dit la fée en souriant, qu'est-il donc arrivé, Pierrot? Quelque mésaventure? *Sa sotte femme! sa plus sotte fille!* Quel langage pour un courtisan et **pour un** homme amoureux!

—Amoureux! dit Pierrot, je ne le suis plus, grâce au ciel; courtisan, je ne l'ai jamais été. Ce n'est pas moi qu'on verra attendre dans une antichambre que le roi passe et daigne me regarder; ni sous les fenêtres de cette pimbêche, qu'elle veuille, en abaissant ses regards vers la terre, s'apercevoir de ma présence.

— Tu es donc guéri, Pierrot?

— Radicalement, marraine. Je ne tenais plus à elle que par l'habitude ou par politesse, comme un oiseau qui a un fil à la patte. Ses mépris de ce matin ont coupé ce fil, et maintenant je suis libre.

— Eh bien! Pierrot, puisque tu es dans de si heureuses dispositions, veux-tu que je te dise pourquoi tu n'as pas réussi?

— Je ne veux pas le savoir, marraine.

— Oui, mais je veux te le dire, moi. Tu n'as pas réussi, parce que tu es ingrat.

— Moi, envers vous, marraine! Oh! vous me calomniez.

—Non pas envers moi, mais envers d'autres personnes. Réfléchis.

— Envers ce gros roi? Il m'a comblé d'honneurs, c'est vrai; mais ne l'ai-je pas bien servi?

— Ce n'est pas cela. Pierrot, quel est le revenu de tes emplois?

— Deux millions par an, à peu près, marraine.

— C'est une jolie somme. Et depuis quel temps es-tu en charge?

— Depuis six mois à peu près.

— C'est-à-dire que tu as reçu un million ?

— Oui, marraine.

— Sur cette somme, qu'est-ce que tu as envoyé à tes parents qui sont pauvres, comme tu sais, et qui vivent de leur travail ? Réponds ; deux cent mille francs ?

Pierrot rougit et garda le silence.

— Davantage ? dit la fée. Trois cents ? Non. Quatre cents ? Non. Cinq cents ? Non. Six cents ? Non. Aurais-tu envoyé davantage, Pierrot ? Tu es plus généreux que je ne croyais. Sept cents ? huit cents ? neuf cents ? Quoi ! le million tout entier ! Oh ! oh ! c'est un beau trait, Pierrot.

— Hélas ! marraine, dit Pierrot tout confus, je n'ai rien envoyé du tout.

— Eh bien ! ami, comment appelles-tu cette conduite ? Comprends-tu maintenant pourquoi, malgré tant de succès apparents, tu n'as pas été heureux ?

— Je le comprends, dit Pierrot.

— Et tu profiteras de cette leçon dans l'avenir ?

— Oh ! oui, marraine.

— N'aie plus de remords, Pierrot ; tes parents n'ont pas souffert de ta négligence. Je veille sur eux, je leur donne ce qui est nécessaire, et je leur laisse croire que c'est toi qui l'as envoyé.

— Oh ! marraine, comment ai-je pu mériter tant de bontés ? dit Pierrot en lui baisant les mains avec tendresse

— Tu les mériteras un jour, dit la fée. Pékin n'a
pas été construit en une heure. Tu es né vaniteux, oublieux, ingrat comme tous les enfants des hommes.
Plus tard, tu seras bon et bienfaisant comme les enfants des génies.

— Grâce à vous et à votre protection, marraine, dit
l'heureux Pierrot.

— Grâce à ma protection, si tu veux, qui t'a été plus
utile encore que tu ne penses.

— Comment donc? demanda Pierrot.

— C'est à moi que tu dois les mépris de la belle
Bandoline. M'en sais-tu mauvais gré?

— Par tous les saints du paradis! s'écria joyeuse-
ment Pierrot, je ne sais ce que j'aurais pensé hier de
votre confidence. Aujourd'hui, elle me comble de joie.

— Tant mieux, Pierrot, c'est signe que tu es bien
guéri. Je lis dans l'avenir, et je devine aisément ce
que, d'après son caractère, tout homme doit faire un
jour, et s'il sera heureux ou malheureux. C'est une
branche de ce grand art de la divination que je t'ai
montré, et que tu n'as pas compris parce qu'il exige
des études profondes, un grand dévouement à la
science, une vie isolée et une grande expérience du
monde. La différence qu'il y a sur ce point entre les
hommes et les génies, c'est que les hommes ne peuvent
savoir qu'après trois cent quarante ans de travaux
continuels ce que nous savons, nous, dès notre naissance
et par intuition.

— Vous êtes bien heureuse d'être si savante, dit Pierrot en soupirant.

— Heureuse! dit la fée. Crois-tu qu'on soit heureux de prévoir l'avenir? Ah! malheureux enfant, que le ciel te préserve de ce bonheur et de cette science!

— Quelle raison aviez-vous, dit Pierrot, de m'empêcher d'être aimé de la princesse?

— Une raison admirable, Pierrot : c'est que tu ne l'aimais pas toi-même, et qu'après quinze jours de mariage vous auriez fait un ménage détestable. Elle est orgueilleuse et fille de roi; elle t'aurait vanté sa supériorité; tu es fier et peu endurant, tu l'aurais maltraitée...

— Oh! dit Pierrot.

— En paroles, ami; mais, pour les gens délicats, les paroles sont des gestes. Elle se serait plainte à son père qui t'aurait fait couper le cou.

— Oh! oh! dit Pierrot, il aurait bien demandé la permission.

— Sans doute, et comme tu es le plus fort, tu l'aurais détrôné, mis en prison, tué peut-être; tu te serais débarrassé de ta femme et tu aurais été roi de la Chine.

— Ce qui n'est pas à dédaigner, dit Pierrot pensif.

— Et tu aurais ainsi commis deux ou trois crimes pour satisfaire ta vanité!

— Vous avez raison, marraine, dit Pierrot, et vous me parlez comme si vous lisiez dans ma conscience.

Mais est-ce que les choses n'auraient pas pu se passer autrement? Ne pouvais-je être heureux avec cette belle dédaigneuse?

— Supposons, dit la fée, qu'il n'y eût pas de sang versé; supposons que Bandoline eût fait de grands efforts pour te plaire et plier son humeur à la tienne, quelle conduite crois-tu qu'elle aurait tenue avec tes parents? Car tu pensais, sans doute, à vivre avec ton père et ta mère?

— Sans doute, dit Pierrot, qui n'y avait jamais pensé.

— Vois-tu d'ici la belle Bandoline pleine de respect et de déférence envers tes vieux parents, envers sa belle-mère, une meunière, et son beau-père, le vieux meunier! Je disais, Pierrot, que vous n'auriez pas vécu quinze jours ensemble; c'est deux jours que je devais dire.

— O marraine sage et charmante! s'écria Pierrot, aidez-moi toujours de vos conseils, car désormais je ne veux rien faire de moi-même, et je me ferai gloire de vous obéir. Mais quoi! toutes les femmes sont-elles aussi dédaigneuses, et faut-il que j'aime une meunière si je veux vivre heureux avec mes parents?

— Il y a des femmes de toutes les espèces, dit la fée, comme il y a des hommes de toutes les couleurs. Ce serait une grande erreur de croire que tous les hommes sont blancs, noirs, rouges ou jaunes, et une grande injustice de dire que toutes les femmes sont parleuses, méchantes, médisantes, vaniteuses et occupées d'elles-mêmes et de leurs chiffons du matin jusqu'au soir. On en trouve aussi, et beaucoup, qui sont bonnes, discrètes, attachées à leur maison, à leur mari et à leurs enfants ; ta mère, par exemple, n'est-elle pas de ce nombre ?

— Oh ! dit Pierrot, y a-t-il une meilleure femme et une meilleure mère ?

— Il n'y en a pas de meilleure, Pierrot, mais il y en a d'aussi bonnes. Ne souhaites-tu pas d'en trouver une de cette espèce ?

— Si je le souhaite, grand Dieu ! c'est la première chose que je demande au ciel tous les matins.

— Cherche et tu trouveras, dit la fée.

Tout en causant, nos deux voyageurs avaient fait beaucoup de chemin. La conversation changea de sujet. La fée se plut à instruire Pierrot de ses devoirs envers lui-même et envers les autres hommes, et lui dit sur ce sujet de si belles choses, que si vous les aviez entendues, ô mes amis ! vous voudriez n'entendre jamais d'autre discours.

Malheureusement, la langue des hommes, si riche pour répandre le mensonge, est pauvre en vérités, et dans la crainte de ne pas vous répéter dignement cette conversation, je n'en dirai pas un mot. Qu'il vous suffise de savoir que Pierrot, jusqu'alors gâté par le succès et fort enorgueilli de son mérite, comprit pour la première fois qu'il n'était qu'une créature faible et bor-

née, ignorante et portée au mal; qu'il eut honte de lui-
même et de son égoïsme, et qu'il se promit de devenir
un modèle pour tous les hommes nés ou à naître. Au
reste, vous vous imaginez assez, sans qu'il soit nécessaire d'entrer dans le détail des choses, ce que devaient
être les enseignements d'une fée qui était la propre
fille du sage roi des génies, le grand Salomon.

Pierrot était ravi de joie.

— Ah! marraine, disait-il souvent, si tous les prédi-
cateurs vous ressemblaient, que la vertu serait aimable!
Mais ils sont, pour la plupart, si ennuyeux, si pédants,
si gourmés, si roides! Ils mettent tant de latin dans
leurs discours, et ils s'inquiètent si peu de se faire comprendre, qu'on ne peut pas s'empêcher de bâiller en
les écoutant, et d'attendre avec impatience qu'ils aient
fini leur sermon. Vous, au contraire, chère marraine,
vous causez si bien, vous contez d'une façon si intéres-
sante, vous avez un visage si beau et si doux, que rien
qu'à vous regarder on se sent attiré vers vous, et qu'en
vous écoutant on croit entendre la céleste musique que
les anges font devant le trône du Seigneur.

La fée Aurore sourit.

— Mon ami, dit-elle à Pierrot, pourquoi exiger des
autres hommes une perfection qui n'est pas dans la
nature? S'ils étaient tous beaux et bons, bienfaisants
et aimables, quelle peine aurais-tu à être vertueux
parmi eux? Avant de juger ton prochain, connais-toi
toi-même. Par exemple. tu es le premier ministre du

5.

roi Vantripan, et tu exerces en son nom l'autorité suprême; dis-moi, je te prie, as-tu jamais songé à faire le bonheur de tes semblables et à mettre à leur service la grande puissance que tu as reçue de Dieu?

— Pas trop, dit Pierrot.

— As-tu jamais songé à autre chose qu'à réaliser tes fantaisies?

— Je l'avoue.

— Eh bien, c'est le moment d'essayer. Nous voici à Nankin. Commence, et crois que si tu veux faire ton devoir jusqu'au bout, tu auras de la besogne.

— J'essayerai, dit Pierrot.

— Soit; mais ne t'annonce pas comme un ministre, ou l'on te cachera tout ce qui se passe et tu ne verras rien. Il n'y a que les pauvres gens qui voient tout, parce que tous les fardeaux retombent sur leur dos.

A ces mots, Pierrot mit pied à terre et laissa la bride sur le cou de son cheval. La fée en fit autant, et tous deux entrèrent dans la ville, vêtus comme de pauvres pèlerins.

Au détour d'une rue, Pierrot rencontra un grand cortége : c'était un riche mandarin qui allait à la campagne avec sa femme et ses enfants. Il était assis dans un palanquin porté par un éléphant. Vingt domestiques marchaient devant lui et écartaient les passants à coups de bâton. Tout le monde se rangeait avec empressement sur son passage. Pierrot, oubliant que rien ne distingue un grand connétable mal vêtu d'un autre citoyen, continua son chemin sans s'inquiéter du mandarin, sans le braver et sans l'éviter.

— Ote-toi de là, canaille! cria un des domestiques en lui donnant un coup de bâton.

Pierrot, furieux, se retourna, arracha le bâton des mains de son adversaire et lui administra la volée la plus complète qui soit jamais tombée sur les épaules d'un laquais de bonne maison. Aux cris de celui-ci, les autres accoururent et chargèrent Pierrot. Celui-ci était si animé par leur insolence, qu'il les eût assommés tous sans l'intervention de la bonne fée.

— Est-ce ainsi que tu remplis ta promesse? lui dit-elle tout bas. Dès le premier accident, te voilà hors de toi-même. Souviens-toi donc que tu n'es qu'un pauvre pèlerin, et non un grand seigneur.

A ces mots, Pierrot jeta le bâton et se croisa les bras en regardant les domestiques du mandarin avec des yeux qui firent reculer les plus hardis.

— Tu vas voir comment la justice se rend en ce pays, lui dit la fée.

Le tumulte et les cris avaient ameuté une foule nombreuse. Au fond, tout le monde était charmé de l'action de Pierrot, mais personne n'osait l'approuver tout haut, par crainte de la bastonnade.

Le mandarin descendit de son palanquin. C'était un gros homme, fort rouge et marqué de la petite vérole. qui était redouté de tous à cause de sa puissance et de sa méchanceté. Il était chef du tribunal suprême de la province, et, en cette qualité, rendait des jugements sans appel.

— Qu'est-ce? dit-il en s'avançant d'un air assorti à sa dignité. Quel est le coquin qui a osé frapper un de mes domestiques?

— Ce coquin, dit fièrement Pierrot, c'est moi. Il m'a frappé le premier, et j'ai fait ce que chacun en pareil cas devrait faire.

— Ah! c'est toi, dit le mandarin. Qu'on me saisisse ce drôle et qu'on le fasse mourir sous le bâton pour son insolence.

— Un moment! dit Pierrot. Est-ce pour avoir eu l'insolence de vous répondre, ou pour avoir rendu des coups de bâton à votre domestique que vous me condamnez?

— Je crois, dit le mandarin, que cette *espèce* ose m'interroger! Qu'on le saisisse!

Trois ou quatre domestiques s'élancèrent à la fois sur Pierrot.

— Attention! dit-il, je n'ai provoqué personne et ne veux faire de mal à qui que ce soit. Que le premier qui mettra la main sur moi compte et numérote ses os pour les reconnaître et les remettre en place au jour du jugement dernier. Et toi, mon gros seigneur, à nous deux!

A ces mots, malgré ses cris, il saisit le mandarin par ses longues moustaches qui pendaient jusque sur sa poitrine, l'enleva de terre et le montra aux specta-

teurs comme un bateleur montre des singes sur la
place publique; puis, le retournant les pieds en l'air et
la tête en bas, il le lança comme une balle, le reçut
dans ses mains, et le renvoya de nouveau, au milieu
des cris de joie du peuple, des cris d'alarme des domestiques et de la joie de tous. Quand ce jeu eut duré
quatre ou cinq minutes, il le remit sur ses pieds, le
hissa sur son éléphant et partit en disant :

— Au revoir, seigneur mandarin !

Le pauvre justicier n'avait plus la force de répondre.
La colère, l'indignation d'avoir subi un pareil traitement, lui si élevé en dignité, et cela en vue de tout
un peuple, le transportèrent au point qu'il en fit une
maladie de plus de six mois.

— Par Brahma et Bouddah ! disait la foule en se sé-
parant, voilà une prompte et bonne justice.

Nos deux voyageurs poursuivirent leur route sans
autre rencontre, et allèrent se loger dans une hôtellerie d'assez pauvre apparence. Ils soupèrent cependant
avec appétit, grâce à un potage aux nids d'hirondelle
qui est si exquis que le proverbe chinois dit : « Bouddah ayant créé le ciel et la terre, inventa le potage aux
nids d'hirondelle. » Si vous voulez en goûter, et du
meilleur, vous en trouverez chez le seigneur Ki, auber-
giste à Pékin, l'un de mes bons amis, et le plus céleste cuisinier du Céleste Empire.

Le lendemain, Pierrot se leva de bonne heure et alla
se promener par la ville. Il fut bientôt accosté par un

douanier, qui, d'un air très-poli, suivant la coutume chinoise, l'invita à quitter ses habits et à laisser regarder dans ses poches.

— A quoi bon? dit Pierrot, je n'ai pris le bien de personne.

— A Dieu ne plaise! dit humblement le douanier, que nous ayons de vous un semblable soupçon. Mais peut-être avez-vous, sans vous en apercevoir, introduit dans la ville quelque denrée. Dans ce cas, seigneur, vous aurez la bonté de payer les droits d'entrée.

— Je n'ai rien introduit, dit Pierrot; donnez-moi la paix!

Cependant, se souvenant des recommandations de la fée, il se laissa fouiller. On ne trouva rien dans ses poches. Il se crut libre, quand le douanier, se ravisant :

— De quelle étoffe, dit-il, est votre manteau à capuchon?

— De grosse laine, dit Pierrot.

— Justement, reprit le douanier, c'est ce que j'avais deviné.

— Et qu'as-tu deviné?

— La laine, seigneur, est défendue dans la ville de Nankin, par égard pour nos manufacturiers, qui fabriquent des étoffes moins commodes et plus chères. Ayez la bonté de nous donner votre manteau et de payer l'amende.

— Je ne donnerai rien et ne payerai rien, dit Pierrot. Je ne veux pas me promener dans les rues en manches de chemise. Ce serait peu convenable. Quant à l'amende, je ne dois pas la payer, puisque j'ignorais la loi.

— Nul n'est censé ignorer la loi, dit sentencieusement le douanier.

— Pas même les étrangers? demanda Pierrot.

— Ayez la bonté de me suivre, dit le douanier.

— Où?

— En prison.

Sur ce mot, le receveur des douanes sortit de son bureau. C'était un beau jeune homme, bien frisé et pommadé, qui avait un lorgnon sur l'œil, et qui regarda Pierrot du haut de ce lorgnon, comme un animal très-curieux.

— Monsieur, dit Pierrot, j'ai par mégarde, étant pauvre, acheté un manteau de laine, faute de pouvoir porter un manteau de velours et de soie, et votre douanier veut m'envoyer en prison.

— Que voulez-vous, mon bon? dit négligemment le receveur, c'est la loi.

— C'est la loi à Nankin, dit Pierrot, mais non dans le reste de la Chine, et je ne suis pas citoyen de Nankin.

— Allez en prison, mon ami, allez, dit le beau receveur d'un air de protection. J'entendrai votre affaire un autre jour. Quelques amis m'attendent en ville et veulent faire un déjeuner de garçons.

— Monsieur, dit Pierrot, dont la bile s'échauffait, ne me laissez pas aller en prison. Peut-être les cris d'un malheureux qu'on enferme troubleraient votre digestion.

— Rassurez-vous, mon bon, ces choses-là sont si communes que j'y suis tout à fait habitué.

— Monsieur, je vous en prie, écoutez-moi un instant. Peut-être un jour vous aurez besoin de moi et vous me supplierez à votre tour. On a souvent besoin d'un plus petit que soi.

— Qu'est-ce à dire, mon bon? dit le beau frisé. Allez en prison, et ne vous le faites pas répéter. Dans un mois ou deux, si j'ai du loisir, j'écouterai vos réclamations.

— Et moi, pendant ces deux mois, je grincerai des dents en invoquant la justice et la vengeance du ciel! s'écria Pierrot.

— Mon bon, vous m'excédez. Douanier, faites-moi mettre cet homme au cachot; s'il fallait écouter tous ceux qui parlent de leur innocence, on n'en finirait pas.

Le douanier prit Pierrot au collet.

— Ventre-Mahom! cria Pierrot, tu iras toi-même au cachot, et tu y resteras longtemps. Ah! gredin, c'est ainsi que tu disposes de la liberté des hommes! Ne sais-tu pas que la liberté est plus que la vie, et qu'il vaut mieux mourir de faim au grand air qu'engraisser entre quatre murailles?

Ce disant, Pierrot prit le receveur d'une main, le douanier de l'autre, les poussa dans la cave de la

maison, en prit la clef et leur jeta du pain et une
cruche d'eau par le soupirail; puis il retourna à l'hôtellerie.

Elle était pleine de gens qui, sans le connaître, parlaient de lui et de son aventure de la veille. Le malheur du mandarin avait fait grand bruit. De mémoire de
Chinois on n'avait entendu parler d'un pauvre homme
qui se fût fait justice à lui-même contre un grand
seigneur. Quelque part qu'il pût aller, Pierrot était
destiné à étonner le peuple, qui ne pouvait comprendre une fierté et un courage si peu ordinaires.

Pierrot n'était pourtant que le fils d'un paysan, mais
il faut vous dire, mes amis, que son père avait été l'un
des volontaires de la grande république; et ceux-là,
voyez-vous, Dieu les a bénis, eux et leur postérité, jusqu'à la troisième génération, parce qu'ils ont combattu
pour la patrie et pour la justice.

Pierrot, étonné de ce bruit, se mêla parmi les
groupes et eut le plaisir, bien rare pour ceux qui
écoutent aux portes, d'entendre faire son éloge.

— Ah! dit un vieillard, si celui-là voulait se mettre
à notre tête, il nous ferait rendre justice.

— Et si nous prenions les armes nous-mêmes et
sans l'attendre? dit un autre.

Jusque-là on avait parlé fort librement; mais, à
cette proposition inattendue, on se regarda avec
frayeur. Tant qu'il ne s'agissait que de parler, les orateurs ne manquaient pas, non plus qu'en aucun pays;

quand il fut question d'agir, un silence morne régna dans l'assemblée. Pierrot, qui était resté jusque-là immobile et silencieux, éleva la voix :

— Bonnes gens de Nankin, dit-il, de qui avez-vous à vous plaindre?

On se tourna vers lui avec étonnement.

— Je ne suis qu'un simple pèlerin, ajouta-t-il, mais je puis, comme un autre, vous dire ce qu'il est convenable de faire. Si vous vous révoltez, vous serez punis; l'impôt sera doublé, et quelques-uns d'entre vous seront empalés; c'est inévitable. Pourquoi ne portez-vous pas vos plaintes au grand connétable qui est à Pékin? Il vous fera rendre justice.

— Oui, dit un bourgeois, il nous renverra au mandarin qui a été si maltraité hier, et celui-ci, qui est l'ami du gouverneur, fera justement, comme vous le disiez tout à l'heure, empaler les plaignants pour l'exemple. Nous connaissons bien les usages de ces grands seigneurs!

Pierrot fut forcé d'avouer qu'il disait vrai.

— Cependant, dit-il, je connais un peu le seigneur Pierrot... de réputation, et il n'est ni injuste, ni avide, ni intéressé.

— Oui, mais il laisse agir ses lieutenants qui le sont. Que nous importe à nous qu'il soit vertueux ou non, s'il ne s'occupe pas du gouvernement?

— Attrape, dit tout bas la fée Aurore qui venait de rejoindre son filleul.

— Puisque personne n'ose se joindre à moi, dit
Pierrot, j'irai seul chez ce gouverneur si redouté, et
il m'entendra. Quelles sont vos plaintes?

— Nous nous plaignons, dit le vieillard qui avait
déjà parlé, de recevoir trop de coups de bâton et pas
assez de rations de riz. On nous prend notre thé de
force et à bas prix, et on nous le vend dix fois plus
cher. On nous fait payer un impôt sur la laine et le coton
qui font nos habits, un autre sur le fil qui les coud,
un autre sur les aiguilles, un autre sur la doublure et
un autre pour la permission de les coudre. Encore
tout cela n'est rien; mais tous ces impôts réunis de-
vraient produire dix millions à peine, et ils en produisent trente par la cruelle industrie des receveurs, doua-
niers, péagers, mandarins et gouverneurs, dont chacun
veut prélever son bénéfice proportionné à son grade
et au cas qu'il fait de son importance.

— En effet, dit Pierrot, cela est fâcheux.

— Fâcheux! seigneur pèlerin, dites que cela est
mortel; déjà nous ne pouvons plus nous vêtir et nous
avons peine à nous nourrir.

— Prenez patience, dit Pierrot, avant la fin de la
journée vous aurez justice.

— Est-ce un Dieu? disait-on, ou bien est-ce un fou
qui fait le grand seigneur?

— Sur ces entrefaites, un officier, suivi d'une troupe
de soldats, saisit Pierrot par le bras.

— Suis-nous sur-le-champ, dit-il.

— Où ?

— Au palais du gouverneur.

— J'y allais.

— Tant mieux, tu expliqueras ton affaire. Ah! coquin, tu mets un receveur et un douanier en prison; tu usurpes notre emploi; tu te mêles de rendre la justice!...

A chaque mot il joignait une bourrade, et ses soldats, voyant Pierrot sans défense, lui donnaient de grands coups dans le dos avec le bois de leurs lances.

— Pardieu! se dit Pierrot, j'ai bien envie d'en faire justice sur-le-champ; mais patience, j'ai promis à la fée Aurore d'attendre jusqu'au bout.

On le mena dans cet équipage jusqu'au palais du gouverneur. Une foule immense le suivait, riant de la folie de cet homme qui promettait un moment auparavant de lui faire rendre justice, et qu'on allait pendre sans forme de procès.

Pierrot fut mis dans une cour brûlée par un soleil ardent. On lui ôta son bonnet. Sous ce climat, la chaleur est insupportable. Pierrot demanda à boire. Les soldats se moquèrent de lui et lui jetèrent de la poussière. Il avait les fers aux pieds et aux mains.

— J'ai soif, dit une seconde fois Pierrot.

— Tu n'attendras pas longtemps, dit l'officier, le pal est prêt. Tu boiras dans l'autre monde..

Enfin le gouverneur parut.

— C'est toi, misérable, dit-il, qui as battu hier le

mandarin, qui as jeté aujourd'hui le receveur et le
douanier dans un cachot, et qui promettais tout à l'heure
à ce peuple justice contre moi?

— Oui, seigneur, dit humblement Pierrot ; et il raconta ce qui s'était passé.

Avant qu'il fût à la moitié de son récit :

— C'est bien, dit le gouverneur, qu'on l'empale.

— Quoi, seigneur, dit douloureusement Pierrot, n'y
a-t-il pas de grâce à espérer?

Cette fois, le gouverneur ne daigna pas même répondre et fit signe qu'on exécutât ses ordres.

Tout à coup, Pierrot, roidissant ses poignets et ses
jambes, cassa ses fers et les jeta à la figure du gouverneur, dont le nez enfla et saigna abondamment.
Tous les soldats se précipitèrent sur lui. Pierrot prit
la lance de l'un d'eux, l'enfonça dans le corps du premier, du second, du troisième et du quatrième, et ficha
la lance en terre.

— Vous ne savez pas empaler, dit-il ; mes amis,
voilà comment on s'y prend.

Tous les soldats prirent la fuite ; le gouverneur resta
seul avec la foule, qui battait des mains en reconnaissant son héros de la veille.

Otant alors son manteau de laine, Pierrot parut en
costume de cour.

— Je suis Pierrot, le grand connétable, le vainqueur
de Pantafilando, dit-il, et voici comment je rends justice.

— Seigneur connétable, dit le gouverneur en se mettant à genoux et essuyant son nez qui saignait encore; seigneur grand connétable, ayez pitié de moi! Hélas! si j'avais su qui j'avais la sacrilége audace de vouloir faire empaler, croyez que mon respect...

— Oui, sans doute, dit Pierrot, si tu avais su que tu avais affaire à plus fort que toi, tu aurais été aussi lâche que tu t'es montré insolent.

— Seigneur grand connétable, pardonnez-moi.

— Si tu n'as pas commis d'autre crime, dit Pierrot, je te pardonne; mais voyons d'abord si personne ne se plaint. Parlez! dit-il en s'adressant à la foule.

— Seigneur, dit un bourgeois de Nankin, il a fait mourir mon frère sous le bâton, parce que mon frère, qui était fort distrait, avait oublié de le saluer dans la rue.

— Est-ce vrai? dit Pierrot.

— Oui, seigneur, s'écria-t-on de toutes parts.

— Ne fallait-il pas faire respecter en ma personne l'autorité royale dont j'étais revêtu? dit le gouverneur.

— C'est tout ce que tu as à dire pour ta défense? reprit Pierrot; à un autre.

— Seigneur, dit un autre bourgeois, il a fait empaler mon père.

— Pourquoi?

— Parce que mon père, trop pauvre, ne pouvait payer l'impôt, ni l'amende à laquelle il l'avait condamné.

— Est-ce vrai? dit Pierrot.

— Seigneur, je l'avoue. Notre grand roi Vantripan avait si grand besoin d'argent pour faire la guerre aux Tartares!

Beaucoup d'autres se présentèrent. Les uns avaient eu les yeux crevés, d'autres les oreilles coupées. Le front de Pierrot se rembrunit.

— Je voulais, dit-il, que mon premier acte d'autorité fût un acte de clémence. C'est impossible! La clémence envers l'oppresseur est une cruauté envers l'opprimé. Qu'on l'empale!

Ce qui fut fait aux applaudissements de la foule. Mais les bravos devinrent éclatants et unanimes quand Pierrot ajouta :

— A l'avenir, quiconque aura fait donner des coups de bâton à un Chinois en recevra lui-même le triple, dût-il en mourir. Quiconque aura mis un Chinois en prison, sauf le cas de condamnation légale, sera mis lui-même en prison autant de mois que le plaignant y aura resté de jours. Quiconque aura condamné à mort et fait exécuter un Chinois, sans ma permission, sera lui-même empalé.

Ayant proclamé ces belles, sages et magnifiques ordonnances, comme les qualifie le vieil Alcofribras, dont je traduis ici les chroniques, Pierrot quitta Nankin en compagnie de la fée Aurore.

— Eh bien, Pierrot, lui dit la fée quand ils furent tous deux à cheval dans la campagne, comprends-tu maintenant pourquoi je te disais d'entrer déguisé dans cette ville? Vois-tu, par ce qui t'arrive à toi-même qui peux te défendre, ce qui a dû arriver aux pauvres gens qui sont sans armes, sans force, et, par suite d'une longue oppression, sans courage?

— Vous avez raison en tout, sage marraine, dit Pierrot; ce gouverneur et ce mandarin sont deux coquins abominables dont je suis bien aise d'avoir fait justice.

— Ce n'est rien encore, dit la fée, tu en verras bien d'autres.

— Il n'est pas si agréable que je croyais, dit Pierrot, de gouverner un grand royaume.

La fée sourit. Elle vit que Pierrot commençait à profiter des leçons de l'expérience.

Cependant le soleil dardait sur leurs têtes ses rayons brûlants. Un vent léger soulevait la poussière et aveuglait les voyageurs.

— Arrêtons-nous un instant dans ce bois, dit la fée, et laissons reposer nos chevaux.

Ils s'assirent au plus épais du bois, près d'un ruisseau qui longeait une fort belle prairie. Au bout de cette prairie, et vers le milieu d'une colline dont le ruisseau baignait le pied, était construite une petite maison très-propre et très-jolie; au-devant, dans la cour, étaient plantés deux vieux tilleuls; derrière s'étendait en pente douce, vers le ruisseau, un grand jardin ombragé avec art, non pas à la manière de ces jardins anglais qui ressemblent à des taillis percés au

hasard, mais comme ceux de Le Nôtre et des jardiniers
français, qui sont, mes amis, croyez-le bien, les seuls
jardiniers du globe. Dans ce jardin charmant, on voyait
des arbres à fruit le long des carrés de légumes, et le
long des murailles, des vignes et des pêchers étaient
couverts de fruits. Au fond du jardin s'étendait un
grand carré de verdure, et à côté de ce carré un petit
parterre planté des plus belles fleurs de la création. Le
carré de verdure était bordé de tous côtés par des tilleuls. A quelque distance du jardin paissaient dans
la prairie une vingtaine de vaches laitières avec leurs
veaux. Ces vaches, qui n'appartenaient ni à la race du-
rham, ni à la race schwytz, ni à aucune race ou sous-
race couronnée dans les concours agricoles, étaient
pourtant fort propres, grasses et bien nourries. Plus
haut, sur la colline, on voyait paître un troupeau de
moutons de la plus belle espèce.

Pierrot, du fond du bois, regardait avec plaisir ce
doux spectacle.

— Que les habitants de cette maison sont heureux,
dit-il; c'est ainsi que je voudrais vivre toujours.

La fée n'eut pas le temps de répondre. Ils entendirent un grand bruit dans le bois, et virent accourir
une jeune fille d'environ seize ans, poursuivie par
un tigre royal, qui faisait pour l'atteindre des bonds
prodigieux.

En apercevant la fée, elle se jeta dans ses bras et lui
cria :

6

— Sauvez-moi!

— Pierrot, dit la fée, c'est le moment de montrer ce que tu sais faire.

Pierrot, qui n'avait pas besoin d'être encouragé, s'élança au-devant du tigre. C'était un magnifique spectacle que celui de ces deux adversaires en face l'un de l'autre : tous deux étaient, l'homme et le tigre, d'une proportion et d'une beauté de formes admirables ; tous deux étaient d'une force et d'une agilité incomparables ; tous deux étaient puissamment armés, l'un de ses griffes, l'autre d'un sabre damas à poignée d'or incrustée de diamants : leurs yeux étaient étincelants. Des narines du tigre sortaient des étincelles de feu ; Pierrot se sentait fier d'avoir quelqu'un à défendre, et de montrer à sa marraine qu'il était digne d'elle.

Le tigre, ramassé sur lui-même comme un chat qui va sauter sur une table, bondit tout à coup et se jeta sur Pierrot ; celui-ci le reçut de pied ferme, et sur son sabre qui s'enfonça jusqu'à la garde dans le ventre du tigre. La blessure était grave, mais non pas mortelle. Le tigre tomba à terre sur ses pattes et voulut s'élancer de nouveau ; mais Pierrot l'avait prévenu. Prenant son sabre par la pointe. Il frappa avec la poignée la tête de son ennemi d'un coup si violent, que la tigre fut assommé, et que sa tête fut aplatie comme une figue sèche. Il expira sur-le-champ.

Pierrot, essuyant sur l'herbe son sabre dégouttant de sang, revint vers la fée Aurore et la trouva occupée à tenir dans ses bras la jeune fille qui s'était évanouie. Pierrot put donc regarder celle-ci fort à l'aise et sans la gêner. Nous allons en profiter pour faire la même chose.

Figurez-vous, mes amis, la plus belle enfant qu'on ait jamais vue. Je suis bien en peine pour vous expliquer sa beauté en détail. Il faut l'avoir vue pour s'en faire une idée : c'était quelque chose de plus semblable à un ange qu'à une personne humaine. Pierrot ne put remarquer d'abord ni son front, ni son nez, ni sa bouche, ni rien, tant il fut ébloui de l'ensemble. Ses cheveux étaient d'un blond cendré admirable comme ceux de la divine Juliette, dont Shakespeare a chanté la beauté et les malheurs. Sa figure était si belle, si intelligente, si attrayante et si douce, qu'on ne pouvait en détacher ses regards. On n'aurait pu dire par quoi elle plaisait. Je crois qu'elle était comme le soleil et qu'elle envoyait des rayons autour d'elle ; mais c'étaient des rayons de grâce naturelle et irrésistible. Pierrot sentit, en la voyant, qu'il aurait plus de plaisir à se faire tuer pour elle, même sans qu'elle le sût et sans attendre de récompense, qu'il n'avait jamais espéré d'en avoir en épousant Bandoline et en devenant roi de la Chine.

Après quelques instants, elle rouvrit les yeux, et se trouva appuyée sur les genoux de la fée. Elle la remercia doucement ; et tournant ses regards sur Pierrot, elle se souvint du danger d'où il l'avait tirée, et lui

sourit d'une manière si ravissante, que le pauvre Pierrot, pour obtenir un second sourire semblable au premier, aurait combattu, non pas un à un, mais tous
ensemble, tous les tigres de la création.

La fée Aurore lui fit alors quelques questions auxc-
quelles la jeune fille répondit avec une modestie charmante. Elle dit qu'elle s'appelait Rosine, qu'elle habitait avec sa mère la petite maison qu'on voyait au bout
de la prairie; que la prairie même, le bois et la colline appartenaient à sa mère, et que cette petite fortune les faisait vivre heureusement avec quelques domestiques qui cultivaient la terre sous la direction de
sa mère; qu'elle avait perdu son père quelques années
auparavant, et que sa mère, désespérée de cette perte,
était venue s'établir à la campagne; qu'elles y vivaient
seules, et d'une vie si paisible que, depuis cinq ans,
elles n'étaient pas sorties de cette petite vallée.

Ce récit, comme vous pensez bien, ne fut pas fait
tout d'une haleine. C'est le résumé des réponses qu'elle
fit successivement aux questions de la fée Aurore. Il
était aisé de voir que ces questions étaient causées par
quelque chose de plus que la curiosité. La bonne
fée n'avait que faire d'interroger Rosine sur ce qu'elle
savait fort bien en qualité de fée; mais elle voulait la
faire parler devant Pierrot, qui, au bout de quelques
instants, fut si charmé et saisi d'un si grand respect
pour elle, qu'il n'osait ni lui parler ni même la
regarder.

Elle termina son récit en disant qu'elle se promenait seule quelques instants auparavant, lorsque le
tigre s'était tout à coup précipité sur elle; qu'elle avait
fui sans savoir dans quelle direction, et qu'elle aurait
sûrement péri sans le courage héroïque de Pierrot
(ledit Pierrot se sentit plein d'une fierté sans égale);
qu'il lui tardait de rassurer sa mère, et qu'elle priait
les deux voyageurs de venir recevoir ses remerci-
ments.

À ces mots, le pauvre Pierrot se tourna vers la fée
d'un air si suppliant, et ses yeux la conjurèrent telle-
ment d'accepter l'invitation, que la bonne fée se mit à
rire, et feignit d'abord d'hésiter et d'être pressée de
continuer sa route.

— O divine marraine! s'écria Pierrot effrayé, cette
vallée est si belle, reposons-nous ici quelques instants.

Rosine insista de son côté si gracieusement, que la
fée Aurore qui, au fond, ne demandait pas mieux,
consentit à les suivre.

La mère de Rosine, qui était loin de se douter du
danger qu'avait couru sa fille et du service qu'on lui
avait rendu, fut un peu étonnée de l'arrivée des deux
étrangers. Elle les reçut néanmoins avec une politesse
noble et gracieuse, devinant bien aux manières de la
fée, quoique celle-ci fût vêtue d'une manière fort ordinaire, qu'elle avait affaire à une personne de distinc-
tion. Elle-même était une femme d'un grand mérite,
âgée de quarante ans à peine, et d'une beauté qui,

6.

dans sa jeunesse, avait dû être semblable à celle de sa
fille, et qui était encore admirable, quoique plus grave
et plus imposante. Elle parla à Pierrot avec beaucoup
d'effusion du service qu'il venait de lui rendre, et fit
une légère réprimande à sa fille pour s'être aventurée
dans le bois toute seule.

Celle-ci s'excusa, mais avec douceur et modestie, sur
ce qu'il n'y avait jamais eu de tigre dans la forêt, ni à
dix lieues à la ronde, et promit de ne plus exposer la
tendresse de sa mère à de pareilles alarmes. Après
quelques discours de ce genre, la bonne dame servit
à ses hôtes un repas très-délicat, dans lequel n'abon-
daient pas, comme on peut croire, les viandes sub-
stantielles et épicées, mais où l'on trouvait tous les
fruits du jardin et de la saison. Pierrot, qui avait le
cœur gonflé de joie, put à peine manger ; quant à la
fée, qui ne vivait que du parfum des roses et de la rosée
du matin, elle prit quelques fruits par politesse, et,
après quelques minutes, tout le monde alla au jardin.

La belle veuve prit plaisir à montrer à ses hôtes ce
jardin dans tous ses détails. C'était presque entièrement son œuvre. Quoiqu'elle ne fût pas assez forte
pour le bêcher elle-même, et que d'ailleurs ses autres
occupations ne lui en laissassent pas le temps, elle
n'aurait voulu laisser à personne le soin de planter,
de semer, de greffer, de cueillir. Rosine, beaucoup
moins habile, mais déjà aussi zélée que sa mère, ratis-
sait elle-même les allées du jardin et s'occupait du

parterre. Un jardinier bêchait les carrés de légumes
et tirait l'eau du puits. Par le moyen d'un tuyau de
pompe, on arrosait le jardin tout entier sans peine.
Pierrot fut si enchanté de tout ce qu'il voyait, qu'il
voulut sur-le-champ se mettre à l'œuvre, bêcher et
arroser. Il quitta son sabre, dont la poignée était enri-
chie de diamants, et se mit au travail avec une ardeur
qui fit sourire la fée Aurore.

— Pierrot, dit-elle tout bas, est-ce que tu aurais
pour le jardinage une vocation dont tu ne m'as jamais
parlé? Tu as eu grand tort, mon ami, car je me serais
bien gardée de la contrarier. J'ai cru que tu n'aimais
qu'à te battre, à te couvrir de gloire, et à gouverner
les peuples et les empires. D'où te viennent ces goûts
champêtres?

— Ah! marraine, répondit Pierrot, qu'on est bien
ici! que l'air est pur! que le ciel est bleu! que la
vallée est verdoyante et magnifique! et qu'il vaut mieux
greffer et arroser toute sa vie que de faire empaler
les mandarins et dépaler les pauvres diables!

La fée Aurore n'insista pas, elle vit bien que l'esprit
de Pierrot était à cent lieues de la guerre, de la gloire
des armes, de la grande connétablie, et, ce qui lui fit
encore plus de plaisir, de la princesse Bandoline. On
eût cru, à le voir travailler, sarcler, bêcher, tracer des
lignes et planter de la salade, qu'il n'avait jamais fait
autre chose. Ceci ne doit pas vous étonner, mes amis.
D'abord, Pierrot avait une aptitude naturelle à tout ce

qu'il faisait. Il était adroit de ses pieds et de ses mains ;
de plus, il avait vu travailler son père et travaillé souvent avec lui : bon sang ne peut mentir. A la vue d'une
pioche et d'un râteau, il se souvint de la pioche et du
râteau de son père, et comprit qu'il est bon et naturel
que les grands seigneurs se promènent en costume de
cour, et usent leur temps à faire des révérences, puisqu'ils ne savent pas d'autre métier et que les autres
hommes veulent bien le souffrir ; mais que si tout le
monde voulait faire ce métier, nous mourrions de
faim avant une semaine. La jeune fille, le voyant travailler de si grand cœur, voulut l'aider à son tour,
et, en quelques minutes, et sans y avoir songé, cette
communauté d'occupations établit entre eux une douce
et intime familiarité qui fit penser à Pierrot qu'en vérité bêcher était la plus belle et la plus agréable chose
du monde, et que si les anges et les bienheureux
avaient bêché une fois, ils ne voudraient plus faire
autre chose pendant l'éternité.

Il fallut cependant quitter cet ouvrage si attrayant
et se rendre à l'appel de la fée et de la mère de Rosine
qui voulaient visiter les étables, la prairie, les terres
labourées et les troupeaux. Le jour baissait, et Pierrot
quitta sa bêche, et sa compagne l'arrosoir avec regret ;
mais Pierrot fut bien consolé en voyant du coin de
l'œil que les deux chevaux étaient débridés, dessellés
et enfermés dans l'écurie, et que la fée Aurore ne parlait plus de partir.

Tout était à sa place et dans un ordre admirable. Les fruits étaient rangés sur la paille dans le cellier. Trente mille de pommes faisaient face à cinquante mille poires de la plus belle espèce et qui fondaient sous la dent. Des millions de prunes reine-claude, jaunies par le soleil et légèrement entamées par les abeilles, mais dont la blessure s'était cicatrisée, se trouvaient à côté de pêches magnifiques et savoureuses. Encore n'était-ce que la moitié de la récolte. Le reste pendait aux arbres du jardin et de l'enclos. La prairie, qui était fort grande, se divisait en deux parts que séparait une magnifique haie vive. La partie qui n'était pas réservée au pâturage était couverte de regain fraîchement coupé, dont la délicieuse odeur parfumait au loin toute la vallée. Des hommes et des femmes étaient occupés à retourner ce foin et paraissaient travailler avec une ardeur qui n'avait rien de servile ou de mercenaire ; car, grâce à la générosité de la mère de Rosine et au soin qu'elle avait de fournir à chacun un travail proportionné à ses forces, il n'y avait ni pauvres, ni oisifs, ni mendiants dans la vallée.

A quelque distance de la maison s'élevaient cinq ou six chaumières assez bien bâties et fort propres. Dans chacune habitait une famille honnête et laborieuse dont les petits enfants se jouaient devant la porte, sur une place aplanie et garnie d'un gazon vert plus abondant et plus frais que celui des plus beaux parcs d'Angleterre. Un grand marronnier étendait au

loin ses branches deux fois séculaires. On ne voyait
pas devant les maisons ni devant les écuries cet amas
de fumier et d'immondices qui salit et déshonore la
plupart de nos villages de France. Le fumier, soigneu-
sement recueilli, se rendait dans des réservoirs par
des canaux souterrains qui traversaient la place, mais
qui étaient recouverts de pierre et de gazon. De ces
réservoirs on le transportait ensuite dans les terres du
voisinage. Enfin, sur le haut de la colline était bâtie
une église très-simple, de construction récente, dont
la croix de cuivre doré se détachait sur le bleu profond
du ciel et réfléchissait les derniers rayons du soleil.
Il faut vous dire, mes amis, que ce village était com-
posé de chrétiens nouvellement convertis par un mis-
sionnaire venu de France.

Pierrot était plein d'un bonheur inexprimable. A
chaque instant il interrompait la conversation pour
faire des questions dont il n'attendait pas la réponse.
Il marchait, il courait, allait, revenait, sans raison et
sans but; il poussait des exclamations de joie, sautait
par-dessus les murs et les haies comme un jeune cheval échappé, montait dans les arbres, et, se suspen-
dant par les mains aux branches, il se laissait retomber
à terre. La fée Aurore le regardait en souriant d'un
bonheur si grand et si nouveau. Elle en avait promptement deviné la cause, et attendait qu'il lui en fît confidence, suivant son habitude.

Le soir, quand ils furent seuls, elle demanda à

Pierrot à quelle heure il voudrait partir le lendemain.
Le pauvre Pierrot retomba du ciel en terre, et demeura quelques instants sans répondre. Enfin il demanda timidement si quelque affaire pressée les forçait de quitter sitôt une dame qui les accueillait si
bien.

— Mon ami, dit la fée, il ne faut pas abuser de l'hospitalité. C'est une vertu dont on se lasse vite. Si nous
partons demain, on nous regrettera; mais si nous res-
tons ici trop longtemps, on finira par se demander
pourquoi nous ne partons pas.

Pierrot n'osa répondre. Il lui semblait en son âme
qu'il ne gênerait personne en demeurant plus longtemps; mais il n'osait ni ne pouvait dire pourquoi. Il
trouva enfin un biais par lequel il crut dissimuler fort
habilement sa pensée véritable.

— Peut-être, dit-il à la fée, ne sommes-nous pas des
hôtes bien gênants? Je puis travailler à la terre, et
vous avez vu vous-même, marraine, que je m'en tire
assez bien. Ces dames ont besoin d'un homme en qui
elles puissent avoir confiance, qui fasse pour elles le
travail le plus pénible, qui les protége et les défende
au besoin.

— Et toi, qui n'as pas encore de barbe au menton,
tu veux être cet homme de confiance?

— Pourquoi non? dit Pierrot. Le roi Vantripan m'a
bien confié l'administration de la Chine tout entière!

— Et il a donné là une belle preuve de sagesse!

Voilà ce grand connétable, ce grand amiral, la terreur
des Tartares et le soutien des opprimés, qui, pour une
fantaisie, laisse là son amirauté, sa connétablie et le
reste, et qui veut semer des haricots et récolter du
foin! Voilà tout le royaume à l'abandon, parce que le
seigneur Pierrot a été bien accueilli dans une ferme!

— Eh bien, après tout, dit Pierrot, s'il ne tient
qu'à cela, je jetterai au vent mon amirauté et ma connétablie, et je reprendrai ma liberté.

— Et tu viendras ici bêcher, arroser et sarcler, sous
les yeux de la belle Rosine? Sais-tu, grand étourdi,
si cet arrangement lui plaira autant qu'à toi, et surtout si sa mère voudra le souffrir?

Cette question coupa la parole au pauvre Pierrot.

La fée Aurore eut compassion de son embarras.
Elle commençait toujours par faire des objections raisonnables, et elle finissait par céder et par chercher
des moyens de satisfaire son désolé filleul. O mes
amis! vous chercherez pendant cent ans sur toute la
surface de la terre sans trouver un cœur qui approche
de celui de cette charmante fée! Aussi avait-elle été
élevée par Salomon lui-même, qui l'avait faite de trois
rayons, le premier de lumière ou d'intelligence, le
second de bonté, et le dernier de grâce et de beauté.
Ces trois rayons, pris parmi ceux qui entourent le
trône de Dieu même, et dont les anges ne peuvent
soutenir l'éclat, se rencontraient en un centre commun qui était le cœur de la fée.

— J'ai ton affaire, dit-elle à Pierrot. Console-toi. Je me charge de te faire retenir ici pendant huit jours, après lesquels tu iras reprendre tes fonctions.

A ces mots, Pierrot, transporté de joie, se mit à genoux devant la fée et lui baisa les mains avec des transports de joie folle et de reconnaissance. La bonne fée jouissait tranquillement du bonheur d'avoir fait un heureux, bonheur si grand que Dieu se l'est réservé presque entièrement, et qu'il n'en a laissé aux hommes que l'apparence. Quant à elle, son devoir la rappelait à la cour du roi des Génies, et elle partit sur-le-champ pour baiser la barbe blanche et parfumée du vénérable Salomon.

Dès le lendemain, Pierrot, sans savoir comment, se trouva installé et traité comme un vieil ami. Le jour, il travaillait au jardin ou dans les champs, seul ou sous les yeux de la belle Rosine et de sa mère, et, dans son ardeur à labourer, à fumer, à semer, il faisait à lui seul l'ouvrage de six hommes. Le soir, en revenant du travail, il recevait le prix de ses peines ; il lisait tout haut les plus beaux livres des anciens poëtes, et avec tant de chaleur et de sensibilité que la pauvre Rosine s'étonnait d'avoir lu vingt fois les mêmes choses sans y rien découvrir de ce qui la charmait dans la bouche de Pierrot. Quelquefois la mère racontait une de ces vieilles histoires qui sont nées avec le genre humain, et qui ne mourront qu'avec lui. C'était la pauvre Geneviève de Brabant, condamnée à mort par le traître

7

Golo, et retrouvée dans la forêt par son mari, le duc
Sigefroi. C'était la belle Sakontala et le roi Douchmanta
égarés dans les forêts de lotus et de palmiers qui couvrent les bords du Gange. C'était le Juif errant condamné à marcher *pendant plus de mille ans*. Le dernier
jugement finira son tourment. C'était la lamentable
histoire du bon saint Roch et de son chien, qui finit
d'une façon si pathétique qu'à cet endroit tout le
monde versa des larmes :

> Exempt de blâme
> Il rendit l'âme,
> En bon chrétien,
> Dans les bras de son chien.

— J'ai vu, mes enfants, dit le vieil Alcofribas, des
gens impies rire de ce dernier couplet. Eh bien,
croyez-moi, ce sont des cœurs endurcis et dont il faut
se défier.

Pierrot, à son tour, prié de dire son histoire, hésita
quelque temps par modestie. Il commença enfin le récit de ses aventures, en passant sous silence, comme
vous pouvez vous l'imaginer, l'impression qu'avaient
faite sur lui les beaux yeux de la belle Bandoline.
Etait-ce manque de mémoire ou autre chose? Je ne sais;
je crois qu'il avait complétement oublié que la princesse fût encore de ce monde, et qu'il se souciait d'elle
et du royaume de la Chine aussi peu que d'une noix
vide. Quoi qu'il en soit, personne ne lui demanda
compte de cet oubli; mais quand il raconta son com-

bat contre le terrible Pantafilando, Rosine pâlit, et il
ne fallut pas moins que la fin de l'histoire et la mort
du géant pour la rassurer conplétement.

Quoique Pierrot, par le conseil de la fée, fût devenu
pius modeste, il ne put s'empêcher d'être un peu fier
de lui-même et de laisser paraître dans son récit quelque
chose de cette légitime fierté ; mais il fut bien mortifié
de la conclusion que la mère de la belle Rosine donna
à son discours.

— Seigneur, dit-elle, nous nous souviendrons toute
notre vie avec bonheur du service que vous nous avez
rendu et de l'honneur que vous nous faites en demeurant quelques jours dans cette pauvre ferme ; mais souffrez que je vous rappelle ce que votre modestie semble
vouloir oublier ; je veux dire que l'administration d'un
grand royaume vous a été confiée, et que nous com-
mettrions un crime envers l'État si nous cherchions à
vous retenir plus longtemps avec nous. Il y a déjà
quinze jours que vous daignez prendre part à nos amu-
sements et à nos travaux. Il est temps que nous vous
laissions aller où la gloire et la volonté de Dieu vous
appellent.

Si la lune était tombée sur la tête de Pierrot, elle ne
l'aurait pas plus étonné. Il demeura quelque temps
l'étourdi du coup et ne savait que répondre. Sous la politesse de la bonne dame il sentait un congé formel.
Enfin il recouvra la parole et protesta mille fois que
l'État n'avait aucun besoin de lui ; que le roi Vantripan

trouverait sans peine des ministres aussi zélés que lui
pour le bien de la Chine; qu'il était sans exemple que
les candidats eussent manqué à ces fonctions; que,
d'ailleurs, dût la Chine manquer de connétables et d'a-
miraux pendant un siècle, il n'était pas Chinois, ni
obligé de remplacer tous les ministres qui viendraient
à mourir ou à être destitués; que son unique bonheur
était de cultiver la terre dans cette vallée délicieuse,
et qu'il ne demandait que la permission de travailler
ainsi jusqu'à la consommation des siècles.

La bonne dame demeura inflexible. Elle n'avait pris
son parti qu'après de mûres réflexions, et ne se laissa
fléchir ni par les supplications et les larmes de l'in-
fortuné Pierrot, ni par le regret trop visible que la
pauvre Rosine marquait d'un si prompt départ. Tout
ce que Pierrot put obtenir, ce fut la permission de revenir lorsque sa tournée serait terminée, et que la paix
serait faite avec les Tartares, dont le nouveau roi, Kabardantès, frère cadet de Pantafilando, menaçait déjà
la frontière chinoise.

Le lendemain, Pierrot partit piteusement sur son
bon cheval Fendlair, non sans regarder souvent derrière lui, jusqu'à ce qu'il eût perdu de vue la maison
et la vallée. Alors il pressa sa marche, et arriva en
deux jours à l'embouchure du fleuve Jaune, où il devait passer la flotte chinoise en revue.

La simplicité de ses manières et de son équipage
n'annonçaient rien moins qu'un grand seigneur; per-

sonne ne vint au-devant de lui, et il alla coucher dans
une hôtellerie comme tous les voyageurs. Dès le lendemain, sans faire annoncer sa visite à personne, il
se dirigea vers le port, et demanda à un marin, qui
fumait une pipe d'opium, où se trouvait la flotte de
guerre chinoise. Le marin se mit à rire, et sans se
déranger, lui montra de la main une barque magnifique, toute pavoisée de drapeaux, dorée par le dehors
et garnie de soie et de velours à l'intérieur.

— Bien. Voilà la barque de l'amiral, dit Pierrot,
mais où est l'escadre?

— L'escadre et la barque de l'amiral ne font qu'un,
dit le marin.

Pierrot n'en pouvait croire ses yeux. Il prit un ba-
teau et se fit conduire à cette barque amirale. Un seul
matelot la gardait; les autres étaient à terre attendant
l'arrivée de Son Excellence le seigneur amiral. Pierrot
se fit conduire au palais dudit seigneur et fut introduit après trois heures d'attente.

— Seigneur, dit-il en abordant l'amiral, je suis
chargé par le roi Vantripan de prévenir Votre Excellence qu'il faudra mettre à la voile dès ce soir pour
faire une descente sur les côtes de l'empereur du Japon.

— Et qu'allons-nous faire au Japon? demanda l'a-
miral.

— Seigneur, je suis chargé de vous transmettre
l'ordre et non de le discuter.

— Mon cher, dit l'amiral en frappant familièrement sur l'épaule de Pierrot, tu diras au roi qu'il faut attendre une occasion plus favorable et que l'escadre n'est pas prête.

— Que lui manque-t-il ? demanda Pierrot.

— Oh! peu de chose, une bagatelle, en vérité, dit l'amiral en se frisant la moustache. Il manque des vaisseaux, des hommes, des vivres, des armes et de l'argent.

— Ce n'est pas possible! dit Pierrot. On vous avait confié tout cela. Qu'en avez-vous fait?

— D'abord, mon cher, dit l'amiral en brossant sa manche au nez de Pierrot, tu sauras qu'il n'est pas poli, pour un officier subalterne, d'interroger son supérieur; de plus, que si tu me fais une autre question, je te ferai, moi, jeter à l'eau comme une carcasse vide.

— Vous réfléchirez avant de le faire, dit résolûment Pierrot.

A ces mots, l'amiral, qui déjà lui tournait le dos et commençait à se promener de long en large dans l'appartement, se retourna, et, le regardant fixement, vit dans ses yeux une fierté si peu ordinaire aux officiers qu'il avait sous ses ordres, qu'il changea de ton sur-le-champ et lui dit :

— C'est une plaisanterie, mon cher, que je voulais faire pour t'éprouver.

— La plaisanterie est mauvaise, répliqua Pierrot, et je ne plaisante pas, moi. Je vous demande compte des

cinquante vaisseaux de guerre, des trente mille matelots et des amas de vivres, d'armes et d'argent dont on
vous a donné le commandement.

— Un dernier mot, dit l'amiral. Tu me parais bon
enfant, tu as du cœur, et je crois que nous nous ar-
rangerons fort bien ensemble. Choisis donc l'une de
ces deux alternatives, ou de prendre cent mille livres
que je vais te compter sur-le-champ, et d'aller à Pékin
dire au roi que tout est en ordre, que la flotte est bien
équipée et qu'elle va partir ce soir, ou d'être empalé
sur l'heure et sans autre forme de procès.

—Mon choix est fait, dit Pierrot. Rendez-moi vos
comptes.

— Tu t'obstines? Prends garde. Voyons, cent mille
livres, est-ce trop peu? Veux-tu un million? deux
millions, dix millions? Songe que j'ai amassé vingt ou
trente millions à peine, et que dix millions de
moins font une forte brèche. Veux-tu ou non?

— Je veux des comptes, dit Pierrot.

— Eh bien, tu n'auras ni comptes ni argent.

Et il frappa sur un timbre. Six nègres parurent.

— Qu'on saisisse cet homme, dit-il; qu'on le bâil-
lonne et qu'on le jette à l'eau. Qu'on apprête ensuite
la barque amirale: je veux faire une promenade sur
le fleuve.

Il faisait chaud, et les fenêtres étaient ouvertes sur
le jardin. Pierrot, sans s'émouvoir, prit un nègre de
la main droite et un autre de la main gauche et les

lança dans les plates-bandes; deux autres suivirent le même chemin de la même manière, et les deux derniers, se voyant seuls, demandèrent à Pierrot la grâce de sauter d'eux-mêmes et sans y être forcés, ce que Pierrot leur accorda volontiers. Les six nègres se relevèrent sur-le-champ et coururent vers la ville.

Quant à l'amiral, il était muet de frayeur. Pierrot se croisa les bras et lui dit :

— Eh bien, mon cher, qui de nous deux est en mesure de rendre ses comptes au Père éternel ? Puisque tu ne peux pas t'y soustraire, une dernière fois, dis-moi ce que tu as fait de la flotte?

— Je l'ai vendue, dit l'amiral.

— Et les marins?

— Je les ai congédiés.

— Et l'argent?

— Il est dans mes coffres.

— C'est bien, dit Pierrot, prends ton manteau et sors de ce pays. Si dans vingt-quatre heures on t'y retrouve encore, je te ferai pendre.

L'amiral ne se le fit pas répéter. Il courut vers le port, s'embarqua, fut pris par des pirates malais, délivré par des philanthropes anglais, et amené à Londres, où il a figuré lors de la grande exposition universelle, sous le nom du Mandarin au bouton de cristal. Il s'appelle Ki-Li-Tchéou-Tsin. Si jamais vous le rencontrez, mes amis, saluez-le, c'était dans son pays un fort grand seigneur, avant que Pierrot en eût fait un pauvre sire.

Le connétable ne se contenta pas de faire justice de l'amiral. Il rappela les marins congédiés, fit construire une flotte nouvelle, l'équipa, la pourvut de vivres et de munitions, grâce à l'argent qu'il trouva dans les coffres de l'amiral, et continua sa tournée avec le même succès, se faisant applaudir du peuple et maudire des mandarins. Il serait trop long de rapporter ici tous les actes de justice, d'humanité et de générosité qui signalèrent ce voyage. Qu'il vous suffise de savoir que depuis cette époque, toutes les fois que le peuple chinois se plaint ou se révolte, il redemande les lois et ordonnances du sage et vaillant Pierrot.

Tout semblait concourir à son bonheur; mais le ciel lui réservait encore de cruelles épreuves. Pendant qu'il faisait bénir son nom avec l'espérance que la belle Rosine apprendrait quelque chose de ces grandes actions et qu'elle l'en aimerait davantage (car le premier effet du véritable amour est d'élever l'âme au-dessus d'elle-même et de lui inspirer de nobles et sublimes pensées), il apprit que Kabardantès avait enfin terminé ses préparatifs, qu'il marchait à la tête de cinq cent mille Tartares, et que le pauvre roi Vantripan, mourant de frayeur, le rappelait en toute hâte pour lui donner le commandement de l'armée chinoise. Je vous dirai, mes amis, dans le prochain chapitre

7.

par quels nouveaux exploits et par quel dévouement
Pierrot mérita la protection de la fée Aurore et l'amour
de la charmante Rosine. Je terminerai celui-ci par une
judicieuse réflexion du vieil Alcofribas. La voici textuel-
lement traduite.

« On demandera, dit ce sage magicien, ce qu'il y
a de si merveilleux dans la troisième aventure de
Pierrot, puisqu'on n'y trouve ni enchanteur ni prodige.
Or croyez-vous, mes enfants, que ce ne soit pas une
merveille qu'un ministre armé d'un si grand pouvoir,
et qui va lui-même réformer les abus, rendre la justice, punir les méchants et protéger les faibles ? Soyez-
en certains, depuis que le monde est monde, ni sur
la terre, ni dans Vénus, ni dans Saturne, ni dans aucune des planètes qui tournent autour du soleil, on
ne vit jamais chose si miraculeuse. Et je pense, sauf
erreur, que l'amour de Pierrot n'est pas étranger à
une vertu si nouvelle et si extraordinaire. »

Voilà la conclusion du vieil enchanteur, et c'est
aussi la mienne.

IV

QUATRIÈME AVENTURE DE PIERROT

PIERROT MET EN FUITE CINQ CENT MILLE TARTARES

Le style de l'ordre qui rappelait Pierrot à la cour et lui donnait le commandement de l'armée était si pressant, qu'il ne crut pas pouvoir se détourner de quelques lieues pour voir, ne fût-ce qu'une heure, la belle Rosine, qui était devenue l'étoile polaire de toutes ses pensées et le mobile secret de toutes ses actions. La Chine était dans un danger si grand, que le pauvre grand connétable remit sa visite à des temps plus heureux. Autrefois, Pierrot n'eût pas hésité un instant, dût l'État être en danger par sa négligence; mais les conseils de la fée en avaient fait un tout autre homme. Il arriva à la cour sans être attendu ni annoncé, suivant sa coutume, et, apprenant que le grand roi Vantripan était à table, il alla se promener dans le jardin, sous les fenêtres de la salle à manger, qui étaient ouvertes à cause de la chaleur. Au bout de quelques instants, il entendit prononcer son nom avec de grands éclats de voix, et sans vouloir écouter, chose dont il avait horreur, il fut forcé d'entendre le dialogue suivant :

C'étaient le roi Vantripan et le prince Horribilis qui parlaient.

— Sire, dit au roi Horribilis, ne trouvez-vous pas que Pierrot se fait trop attendre et qu'il devrait être ici?

— Et comment veux-tu qu'il soit déjà de retour ? Il y a cinq jours à peine que je l'ai rappelé, et le courrier avait deux cents lieues à faire. Si Pierrot avait des ailes...

— *Du zèle*, voulez-vous dire, Majesté, interrompit Horribilis.

Tous les courtisans feignirent de trouver le calembour excellent; c'était un vrai calembour de prince. Croyez, mes amis, que ce n'est pas en faire l'éloge. Vantripan, jaloux du succès de son fils, voulut en avoir un semblable et demanda :

— Horribilis!

— Sire?

— Sais-tu pourquoi les marchands de tabac à priser ne font pas fortune?

— Non, sire.

— A cause de la descente d'*Énée* aux enfers.

Toute la cour se mit à rire bruyamment. Vantripan regarda autour de lui d'un air triomphant.

— Le vôtre est détestable, mon père, dit Horribilis;

on le trouve dans tous les recueils de calembredaines.
C'est un calembour rance.

— Ventre-saint-Gris! s'écria Vantripan, vit-on jamais
insolence pareille? Eh bien, dis-moi, toi qui as lu tous
ces recueils de calembredaines, quelle différence y a-
t-il entre Alexandre et un tonnelier?

— Voilà qui est bien difficile, dit Horribilis : Alexandre a mis la *Perse en pièces*, et le tonnelier met la
pièce en perce.

— Mort du diable! dit Vantripan, ce gredin ne m'en
laissera pas un.

Les courtisans, voyant le tour que prenait la conversation, s'exercèrent à leur tour, et firent les plus beaux
calembours du monde. Chacun cherchait le sien, et
le renvoyait comme une balle en réponse à celui de
son voisin. On parlait, on riait, on criait, on se dis-
putait; c'était un vacarme infernal et la véritable image
de la cour du roi Pétaud. Enfin, Vantripan frappa sur
la table trois fois avec son couteau. A ce signal, tout
le monde se tut.

— Savez-vous, dit-il, pourquoi les grenouilles n'ont
pas de queue?

Cette question inattendue fit rêver tout le monde.
La belle Bandoline elle-même se mit à chercher avec
sa mère la solution d'un problème si haut et si profond.
Elle ne trouva rien. Horribilis chercha pareillement et
tout le monde avec lui. Après quelques instants

— Non, s'écria-t-on d'une voix unanime.

— Ni moi non plus, répliqua le gros Vantripan.

A ces mots, ce fut dans toute l'assemblée un rire inextinguible, comme à la table des dieux d'Homère.

Horribilis, ne perdant pas de vue ce qu'il avait à dire, ramena bientôt la conversation sur Pierrot. Après avoir fait de lui pendant quelques minutes un éloge perfide, il ajouta :

— Au reste, il est bien récompensé de sa justice, car on m'écrit que partout on lui fait un accueil royal ; que le peuple se presse autour de lui, et a voulu, ces jours derniers, le proclamer roi.

— En vérité ! dit Vantripan effrayé.

— Oh ! rassurez-vous, mon père, il a refusé le trône.

— Tu vois bien que c'est un sujet fidèle et mon meilleur ami !

— Vous avez raison, sire ; mais qui a refusé une première fois acceptera peut-être un jour, et ce retard calculé à se rendre à vos ordres pourrait bien être un moyen de continuer ses intrigues dans les provinces, et de s'y faire un parti puissant avant de recourir à la force.

Jusque-là Pierrot était calme, mais il ne put tenir au désir de confondre le calomniateur ; et s'élançant du jardin, au moyen des saillies du mur, dans la salle à manger, il se trouva en face d'Horribilis qui pâlit à cette vue.

— Sire, dit gravement Pierrot, j'ai appris qu'on se

plaint de mes retards. En trois heures, pour vous obéir, j'ai fait deux cents lieues à cheval. Faut-il autre chose pour vous prouver mon zèle?

— Non, ami Pierrot, lui cria le gros Vantripan, je suis content, parfaitement content de toi.

— Je sais, ajouta Pierrot, qu'on dit que j'abuse de mon pouvoir. Je n'en abuserai plus désormais. Je le dépose entre les mains de Votre Majesté, avec ce sabre dont elle m'a fait présent. Qu'on le remette à un homme plus digne que moi d'un pareil honneur.

Et, dégrafant son sabre, il le présenta au roi par la poignée.

— Tu te trompes, ami Pierrot, je ne crois rien de ces calomnies.

— Calomnies, mon père? demanda fièrement Horribilis.

— Oui, calomnies, Horribilis. Retire-toi d'ici, héritier présomptif, tu m'agaces les nerfs. C'est toi qui cherches toujours à me brouiller avec mon vrai, mon seul ami. Va-t'en à cent lieues d'ici, et que je n'entende plus parler de toi.

— Non, sire, dit fièrement Pierrot, Votre Majesté ne doit pas envoyer son fils en exil. Il n'est pas convenable que je sois cause d'une querelle de famille. Ce serait bien mal vous rendre les bienfaits que j'ai reçus de vous.

— Pierrot, dit Vantripan, tu ne sais ce que tu dis. C'est le pire ennemi que tu aies dans cette cour. Il te fera tant de méchancetés que tu seras forcé de me quitter; et que ferai-je sans toi?

— Il n'importe, sire, je pars si vous l'exilez.

— Que ta volonté soit faite, dit Vantripan; mais parlons d'autre chose et reprends ce sabre de commandement. Tu vas rassembler l'armée et marcher aux frontières.

— Quand partirai-je? dit Pierrot.

— Demain à midi. Avant ton départ, je te donnerai mes dernières instructions. Va te reposer.

Pierrot sortit, et fut suivi de toute la cour. Quand le roi fut seul avec la reine:

— A quoi pensez-vous, dit la reine, de donner un si grand pouvoir à un sujet? C'est lui offrir l'occasion d'une trahison.

— Vous voilà, dit Vantripan, comme d'habitude, du même avis qu'Horribilis.

— Horribilis a raison, dit la reine, et vous l'avez traité ce soir d'une manière offensante et injuste.

— S'il n'est pas content de moi, dit le roi, qu'il parte; je ne ferai pas courir après lui.

— Tout cela serait fort bien, dit la reine, s'il partait seul; mais nous sommes résolues à le suivre, ma fille et moi, et à quitter un père dénaturé.

— Eh bien! suivez-le si bon vous semble, dit Vantripan impatienté.

Au fond, cependant, il se sentait ébranlé.

— Oui, nous le suivrons, dit la reine en prenant

son mouchoir, et vous aurez la barbarie de nous sa-
crifier tous à un étranger.

A ces mots, elle tira de sa poche un petit oignon
fraîchement pelé, qui lui servait dans ces occasions,
s'en frotta les yeux et se mit à pleurer abondamment.

Le pauvre Vantripan commença à se regarder
comme un méchant mari et un fort mauvais père. Il
voulut consoler sa femme qui ne l'écouta pas. Après
avoir pleuré, elle se mit à sangloter, puis elle eut une
attaque de nerfs, et remua si douloureusement les
bras et les jambes dans toutes les directions que le
pauvre roi, bien qu'accoutumé à des scènes pareilles,
crut qu'elle allait mourir ou devenir folle. En même
temps elle tournait les yeux d'une façon effrayante.

— Faut-il sonner? faut-il appeler ses femmes? se
disait le gros Vantripan. Quel scandale! On croira que
je l'ai maltraitée, battue peut-être.

Tout à coup, voyant une carafe pleine d'eau, il allait la verser sur elle, lorsqu'elle fit signe qu'elle se
portait mieux et qu'elle allait rentrer dans son appartement. Vantripan, bénissant Dieu qui a créé l'eau,
et l'homme de génie qui a inventé les carafes, la
reconduisit doucement et allait se retirer lorsqu'elle
le retint.

— Vous donnerez à Horribilis le commandement de
l'armée, dit-elle.

— Il le faut bien, puisque vous le voulez; mais Pierrot sera son lieutenant.

— J'y consens. Vous êtes un bon père et un grand roi !

— J'ai bien peur de n'être qu'un imbécile, pensa Vantripan : je sacrifie Pierrot à la crainte de subir la colère de ma femme. Si du moins j'avais la paix dans mon ménage! Ce qui me console, c'est qu'il n'y a pas un mari qui ne soit aussi bête que moi en pareille occasion.

Sur cette mélancolique réflexion, il s'endormit. Faites-en autant, mes amis, si ce n'est déjà fait. L'homme qui dort, dit le vieil Alcofribas, est l'ami des dieux.

Le lendemain, à midi, Pierrot se présenta au conseil.

Vantripan le regarda pendant quelque temps d'un air embarrassé. Il roulait sa tabatière dans ses doigts en cherchant un exorde.

— Pierrot, dit-il enfin, es-tu mon ami?

— Oh! sire, pouvez-vous douter de mon dévouement?

— Eh bien! donne-m'en une preuve sur-le-champ.

— Je suis prêt, dit Pierrot. Que faut-il faire?

— Veux-tu partager le commandement de l'armée avec Horribilis?

Pierrot se mit à rire.

— Sire, dit-il, la nuit a porté conseil, à ce que je vois. Pourquoi voulez-vous partager entre nous un commandement que vous pouvez lui donner tout entier.

— Mon ami, dit le roi, je désire qu'Horribilis fasse ses premières armes sous ta direction ; mais comme il n'est pas convenable qu'un prince de sang royal obéisse à un simple sujet...

— Sire, dit Pierrot, vous vous trompez, je ne suis pas un sujet : je suis venu me mettre à votre service, vous m'avez accepté, vous pouviez me refuser ; s'il vous plaît aujourd'hui de m'ôter mon commandement, reprenez-le, sire. Aussi bien Votre Majesté est sujette à revenir si souvent sur ses résolutions, que je ne puis guère compter sur la continuation de votre faveur. J'aime mieux partir de plein gré aujourd'hui qu'être renvoyé plus tard.

— Bon ! dit Vantripan, le voilà qui se fâche. Hélas ! pourquoi ne puis-je accorder tout le monde et te faire vivre en bonne intelligence avec ma femme et mon fils !

— Sire, dit Pierrot, je suis étranger, et par là suspect à tout le monde. Laissez-moi partir, vous vivrez plus tranquille et moi aussi.

— Ingrat, dit le roi en pleurant, si tu pars, qui commandera l'armée ?

— Le prince Horribilis, sire.

— Il se fera battre !

— Cela vous regarde.

— Il se sauvera le premier et déshonorera mon nom.

— Que puis-je y faire ? dit Pierrot.

— Ami, reste avec nous.

— Je ne puis, sire. Celui qui commande est responsable. Si vous me donnez un collègue, je ne le serai plus; si vous me donnez un maître, ce sera pire encore. Que le prince Horribilis vienne à l'armée avec moi si cela lui plaît; mais qu'il m'obéisse, ou je ne réponds de rien.

— Je te le promets, dit Vantripan; je t'en donne ma parole royale. Voici les pleins pouvoirs. Pars maintenant.

— Voilà un bon homme, dit Pierrot en rentrant chez lui, et un pauvre homme.

Là-dessus il fit ses préparatifs, c'est-à-dire qu'il fit seller Fendlair et prit un manteau de voyage. Trois jours après il était au camp.

L'armée chinoise, composée de huit cent mille hommes, attendait l'arrivée des Tartares à l'abri de la fameuse muraille qui sépare la Chine du vaste empire des îles Inconnues. Vous savez, mes amis, que cette muraille a été construite pour préserver les Chinois des attaques de la cavalerie tartare, qui est la plus redoutable du monde. Comme la plupart d'entre vous n'ont pas eu l'occasion de voir ce singulier rempart, vous ne saurez pas mauvais gré, je crois, au vieil Alcofribas de vous en donner une idée.

« Cette muraille, dit-il, a plus de cent pieds de haut et de trente pieds de large. Elle est semée de tours qui s'élèvent de distance en distance. Elle s'étend sur

une longueur de plus de six cents lieues, et sert de frontière aux deux pays, tantôt bornant la plaine, tantôt
surplombant d'affreux précipices. Au pied de chaque
tour sont deux portes, l'une qui s'ouvre du côté de la
Chine, l'autre qui fait face aux îles Inconnues. »

Pierrot était à peine au camp depuis deux jours
lorsqu'un bruit semblable aux grondements de la
foudre, au pétillement de la grêle sur les toits et au
désordre confus d'une foire, se fit entendre et annonça l'approche de l'ennemi. A ce bruit, les malheureux Chinois se crurent tous morts. Ils jetaient leurs
armes, ils couraient dans le camp, éperdus et en désordre. Pierrot calma tout à coup cette confusion en
faisant publier que le premier qui serait trouvé hors
de sa place et de son rang serait pendu pour l'exemple.
Chaque soldat courut aussitôt chercher ses armes et
rejoindre son drapeau. Le général monta sur la tour
pour voir l'armée tartare.

C'était un spectacle effrayant et admirable. Imaginez-
vous cinq cent mille cavaliers montés à cru sur de
petits chevaux sauvages et hérissés. Chaque cavalier
était armé d'un arc, d'une lance et d'un sabre. En
tête s'avançait le formidable Kabardantès, le frère cadet de Pantafilando; il était beaucoup moins grand que
son frère, et mesurait vingt pieds à peine, mais sa
force était colossale. Il luttait sans arme, corps à corps,
avec les ours, et les écartelait de ses mains; il portait
à l'arçon de sa selle une massue en argent, du poids

de dix mille livres. Il ne tuait pas, il assommait et
réduisait en poussière ses ennemis. Son cheval, d'une
taille proportionnée à la sienne, et d'une vigueur extraordinaire, avait un aspect effroyable; on ne pouvait
le regarder sans frémir. Kabardantès était le fils du
fameux Tchitchitchatchitchof, empereur des îles Inconnues, et de la cruelle sorcière Tautrika, dont le
nom est si célèbre dans les annales du Kamtchatka. Il
avait appris de sa mère quelque chose des pratiques de
la magie noire. Il pouvait, à son gré, soulever et pousser les nuages, évoquer les vents et les brouillards,
faire paraître et employer à son service les démons.
Sa férocité était sans bornes; il avait massacré plus de
cent mille Chinois du vivant de Pantafilando, et de
leurs têtes il avait fait construire une tour, au sommet de laquelle il s'enfermait le soir dans les nuits
sombres et étoilées, pour contempler les astres et évoquer les puissances infernales. Une main invisible
avait gravé sur son front, pendant son sommeil, les
trois lettres que voici :

qui, dans le langage magique, signifient :

TUE !

Il semblait, en effet, ne vivre que pour tuer, brûler,
massacrer, exterminer. Il égorgeait, sans pitié, les

femmes, les enfants, les vieillards : il avait surtout
pour les enfants une haine inexplicable. Il aimait à
boire leur sang tout chaud encore et fraîchement
versé. C'était le monstre le plus effroyable qu'on eût
jamais vu.

Ce qui ajoute encore à la frayeur qu'il inspirait,
c'est qu'il était invulnérable, excepté au creux de l'es-
tomac. Partout ailleurs, les sabres, les lances, les
flèches, les balles, rebondissaient sur sa peau sans
l'entamer, comme si elles eussent été élastiques.

Tel était ce guerrier épouvantable dont le seul nom
jetait l'effroi dans le cœur de tous les Chinois. Pierrot
même, au premier abord, eut peine à soutenir sa vue;
mais quand il pensa à l'opinion que Rosine aurait de
lui si elle le voyait, ou si elle apprenait qu'il avait
reculé devant le danger, il se sentit si brave que cent
mille Kabardantès ne l'eussent pas fait reculer d'une
semelle.

Cependant il ne voulut pas hasarder en une bataille
le destin de la Chine. Il vit bien que son armée avait
besoin de s'aguerrir, et attendant tout du temps et de
son courage, il fit faire bonne garde le long des murailles et dans l'intérieur des tours, et prit soin d'exer-
cer ses soldats.

Horribilis arriva au camp quelques jours après, et
demanda d'un ton hautain pourquoi l'on n'avait pas
livré bataille à l'ennemi. Pierrot exposa ses raisons
avec une fermeté polie, et tout le conseil fut de son avis.

— Mon père, dit Horribilis, ne vous a pas envoyé pour discuter, mais pour combattre. Il y a longtemps qu'on sait que vous êtes plus prudent que brave.

Pierrot se mordit les lèvres pour ne pas répondre avec sévérité; mais, sans s'inquiéter du discours du prince, il fit continuer les exercices militaires. Horribilis, qui cherchait une occasion de le perdre, déplora tout haut la lâcheté du grand connétable, qui compromettait, disait-il, le sort de l'État. On ne l'écouta point; mais un jour, Pierrot, impatienté, lui dit en présence de toute l'armée :

— Seigneur, daignez vous mettre avec moi à la tête de l'avant-garde, nous allons faire une sortie générale contre les Tartares.

— Il ne convient pas, dit Horribilis avec dignité, que j'expose inutilement des jours qui sont précieux à l'État et à ma famille. Je vais en demander la permission à mon père, et si Sa Majesté le permet, vous me verrez courir le premier dans la mêlée.

Comme on le pense bien, il se garda d'écrire, et Pierrot, content de l'avoir réduit au silence, ne lui en parla pas davantage.

Cependant, Kabardantès, furieux de se voir arrêté par cette muraille et par la prudence de Pierrot, résolut de donner un assaut général. L'embarras était grand parmi les Tartares, car ils ne pouvaient escalader la muraille à cheval, et savaient mal combattre à pied. Kabardantès, après avoir un peu rêvé à cette difficulté, fit fabriquer une énorme quantité d'échelles d'une hauteur de plus de cent quarante pieds chacune, et décida que l'escalade se ferait à neuf heures du matin, après déjeuner.

Au jour fixé, Pierrot, averti par ses éclaireurs du dessein de l'ennemi, borda la grande muraille d'infanterie, dont la seule fonction devait être de jeter des pierres sur la tête des Tartares pendant l'assaut, et de renverser leurs échelles dans le fossé. La hauteur de la muraille était telle qu'il n'y avait rien à craindre des assiégeants si les assiégés faisaient leur devoir. Les deux chefs prononcèrent un petit discours que le vieil Alcofribas nous a conservé :

« Braves Tartares, dit Kabardantès, montez à l'assaut sans peur. Si vous mettez le pied sur ce rempart, la Chine est à vous : massacrez, pillez, brûlez. Je me réserve pour esclaves tout ce qui est au-dessous de vingt ans; tuez ou vendez le reste et prenez leurs terres. »

— Vive le généreux Kabardantès! crièrent les Tartares.

Ce cri fut si retentissant et poussé avec tant d'ensemble que la muraille en fut ébranlée : quelques pierres tombèrent des créneaux.

— Voyez, dit Kabardantès, les dieux mêmes sont pour vous : la muraille s'écroule pour vous livrer passage.

On applaudit de toutes parts. Le même accident avait effrayé les Chinois.

8

— Ce n'est pas pour leur livrer passage, dit Pierrot, c'est pour les écraser que ces pierres sont tombées d'elles-mêmes sur leurs têtes.

La vérité est que les pierres n'étaient pas solidement liées avec du ciment romain, et Pierrot le savait bien, mais il donnait à des soldats poltrons les seuls encouragements qu'ils pussent comprendre.

— Vous avez entendu ce Tartare, ajouta-t-il, et vous savez ce qui vous attend : que ceux qui aiment la patrie, la famille et la liberté se souviennent qu'on ne défend qu'avec le sabre ces trois biens si précieux. Au surplus, que chacun de vous fasse comme moi.

A ces mots il retroussa ses manches, comme un bon ouvrier qui va faire de bonne besogne. Tous ses soldats l'imitèrent et attendirent de pied ferme le premier choc.

Kabardantès dressa une échelle contre la muraille et commença l'escalade. En un instant plus de mille échelles furent dressées et se chargèrent de Tartares. On les voyait se presser les uns derrière les autres comme des fourmis noires dans une fourmilière; ils poussaient des cris effrayants, et le regard seul de Pierrot maintenait les Chinois à leur poste.

Lorsque Kabardantès fut arrivé au sommet de l'échelle, il mit la main sur le créneau et dit à Pierrot qui l'attendait :

— Ah! chien, c'est toi qui as tué Pantafilando; tu vas mourir!

En même temps il mit un pied sur la muraille. Pierrot saisit ce pied, le leva en l'air, fit perdre l'équilibre au géant et le jeta dans le fossé, les bras en avant et la tête la première. Dans cette chute épouvantable, tout autre eût été réduit en miettes; le Tartare ne fut qu'étourdi du coup.

— Et bien! lui cria Pierrot, quelle est la hauteur de la muraille? Tu dois le savoir maintenant.

A ces mots, il prit par les deux montants l'échelle toute chargée de Tartares qui montaient derrière leur empereur, et la balança quelque temps dans l'air, comme s'il eût hésité sur ce qu'il devait faire. Tous ces malheureux poussaient des cris de rage et d'angoisse. Enfin Pierrot la poussa violemment sur une échelle voisine; toutes deux tombèrent sur une troisième, qui s'écroula sur une quatrième, et celle-ci sur une cinquième.

A cet effrayant spectacle, de toutes parts s'éleva un profond silence. Les échelles tombaient les unes sur les autres, jusqu'à la dernière, sur une étendue de plus d'une demi-lieue, qui était celle du champ de bataille.

L'une d'elles présentait un spectacle fort singulier : comme chaque Tartare tenait sa lance haute derrière son compagnon, celui du premier rang reçut la pointe de la lance si malheureusement dans le corps, qu'il se trouva embroché tout vif comme une alouette; le second reçut à son tour la lance du troisième, et ainsi de suite jusqu'au dernier, qui eut le bonheur de sauter à terre avant la chute de l'échelle et de s'enfuir.

Plus de vingt mille Tartares périrent dans ce premier assaut, et de la seule main de Pierrot. « On ne s'étonnera pas de ce nombre, dit le vieil Alcofribas, si l'on songe qu'il y avait plus de mille échelles, et que chacune d'elles était chargée d'hommes jusqu'au dernier échelon ; qu'il y avait plus de cent cinquante échelons, et que tout s'écroula en même temps. » On irait même fort au delà si l'on calculait tous ceux qui s'estropièrent dans cette affaire, ceux qui eurent les bras cassés, ou les jambes rompues, ou les côtes enfoncées, ou l'œil poché, ou le nez en marmelade. Mais on conçoit assez que nous préférions la vérité à la gloire même de Pierrot ; il n'y eut pas plus de vingt mille morts.

C'est déjà bien assez, si l'on songe au temps qu'il faut pour nourrir, élever, instruire un homme, aux soins qui lui sont nécessaires et à la dépense que font les parents avant qu'il soit bon à quelque chose, qu'il sache travailler, parler et se conduire. Si l'on songeait à tout cela, avant de faire la guerre, sur ma parole, il n'y aurait pas tant de conquérants ; et s'il y en avait encore, si quelques enragés voulaient encore tuer leurs semblables et se couvrir de gloire, tous les autres hommes se jetteraient sur eux et les lieraient comme des fous furieux auxquels il faut des douches et des sinapismes.

Cependant Pierrot eut raison de casser le cou aux Tartares. Il faut avoir horreur de ceux qui n'aiment que la force et la violence; mais cela ne suffit pas pour être heureux. Il faut encore savoir les écarter avec un sabre; c'est le devoir de tous les honnêtes gens et de tous les gens de cœur, et, croyez-moi, l'on n'est pas honnête homme si l'on ne sait pas et si l'on n'ose pas défendre ses parents, ses amis, sa patrie et soi-même.

Ainsi pensait Pierrot; mais comme il ne pouvait instruire les Tartares, il était forcé de les corriger par la force. Celui qui se sert du sabre, dit l'Évangile, périra par le sabre. Avec le temps et les enseignements de la fée, Pierrot devenait sage. Il n'usait de sa force que pour protéger les faibles et les opprimés; mais alors il n'hésitait jamais, eût-il dû lui en coûter la vie.

Après l'écroulement des échelles, un murmure confus s'éleva dans l'air et se changea en un concert affreux de cris et d'imprécations qu'on entendit jusque dans les gorges profondes des monts Altaï. Pierrot se croisa les bras et regarda quelque temps son ouvrage en silence.

Hélas! dit-il en soupirant, tous ces malheureux ont eu un père, une mère et des enfants, peut-être! Quelle exécrable folie les pousse à se jeter sur nous comme des chiens enragés, ou comme des bêtes féroces qui cherchent leur pâture? Dieu m'est témoin que j'ai horreur de ces sanglants sacrifices; mais pou-

8.

vais-je laisser massacrer, sans défense, ces pauvres
Chinois? Ne sont-ils pas déjà bien malheureux d'être
si lâches et de n'oser se défendre? Faut-il que partout
la force triomphe de la justice?

Comme il était plongé dans ces pensées, Kabardantès sortit de son étourdissement et lui cria :

— Tu m'as pris en traître, Pierrot, mais je me ven-
gerai !

A ces mots, saisissant un énorme rocher qui s'élevait près de là, il le lança à la tête de Pierrot. Celui-ci
évita le coup, et le rocher alla tomber dans les rangs
des Chinois. Cinq ou six furent écrasés, et les autres
s'enfuirent épouvantés. Pierrot les rallia sur-le-champ
et les ramena à leur poste. Il s'attendait à une nouvelle
escalade ; mais les Tartares n'osèrent livrer un second
assaut ce jour-là. Ils manquaient d'échelles et voulaient ensevelir leurs morts.

En revenant dans sa tente, le grand connétable reçut les félicitations de tous ses principaux officiers. Les
soldats s'écriaient : Vive Pierrot! L'illumination fut
générale. On buvait, on chantait, on se réjouissait.
Pierrot remercia le ciel et la fée Aurore, à qui il devait
tant de gloire.

— Ah! se disait-il, il ne manque à mon bonheur que
d'avoir ma marraine près de moi et de vivre tranquillement dans la ferme de Rosine!

Au moment où il formait ce vœu, la bonne fée parut. Pierrot se jeta à ses genoux et lui baisa les mains

avec une respectueuse tendresse, suivant la coutume.

— Je suis contente de toi, Pierrot, lui dit Aurore, tu commences à comprendre et à remplir tes devoirs, je veux t'en récompenser : donne-moi la main.

Pierrot le fit, et au même moment se trouva transporté dans une vallée qu'il connaissait bien. Il reconnut la maison de la belle Rosine et sentit son cœur battre violemment.

— Entre hardiment, dit la fée, et ne parle à personne. Je t'ai rendu invisible. Écoute et regarde seulement ce qui se fait et se dit ici.

Le soleil venait de se coucher derrière la colline, et les travaux de la campagne avaient cessé. On voyait de toutes parts rentrer les vaches, les moutons, les poules et tous les animaux de la ferme. Dans la cuisine on apprêtait le souper de ceux qui revenaient du travail. Déjà la table était dressée, et la mère de Rosine surveillait ces préparatifs. Quand tout fut terminé, elle s'assit avec sa fille devant la porte de la maison, et toutes deux demeurèrent en silence, écoutant ce doux et éternel murmure qui sort le soir, pendant l'été, des bois, des champs et des prairies, et qui semble être une prière que la nature entière adresse au Créateur. Bientôt la lune parut à l'orient et éclaira cette scène paisible.

La cloche de l'église sonna l'*Angelus*, et tous les habitants du village élevèrent leurs cœurs vers le ciel. Rosine et sa mère s'agenouillèrent, et après quelques

instants de méditation, se rassirent pour regarder la
voûte bleue et pure du firmament, dans lequel on
voyait à peine quelques étoiles.

— A quoi penses-tu, Rosine? dit la mère.

— Je pense, ma mère, au bonheur de vivre ainsi,
près de toi; au calme dont nous jouissons, et je me
figure que s'il y a quelque image du bonheur sur la
terre, c'est chez nous qu'elle doit se trouver.

— Oui, tu peux remercier le ciel de tant de bonheur; mais qui sait s'il durera? Toutes les choses de
ce monde sont si fragiles... Je puis mourir...

— O maman! s'écria Rosine en se jetant dans les
bras de sa mère.

— La guerre est déclarée... Qui sait si l'ennemi ne
viendra pas jusqu'ici?

— Oh! pour cela, maman, ne crains rien. N'est-ce
pas le seigneur Pierrot qui commande notre armée?
et y a-t-il au monde un guerrier plus brave?

— Et qui t'a dit qu'il commandait l'armée?

— Je l'ai vu dans les journaux, dit la jeune fille en
rougissant.

— Tu t'occupes donc des journaux, à présent? Autrefois, tu ne pouvais pas les souffrir.

Ici Rosine se trouva si embarrassée pour expliquer ce que sa mère avait déjà deviné, je veux dire
qu'elle ne s'intéressait pas plus qu'auparavant à la
politique, mais qu'elle s'intéressait fort à Pierrot,
que sa mère ne poussa pas plus loin ses questions.

Pierrot fut saisi d'une joie si vive, qu'il allait se montrer lorsque la fée Aurore le retint.

— Regarde, dit-elle.

En même temps elle toucha Rosine de sa baguette. Il sembla à Pierrot que le cœur de la jeune fille s'entr'ouvrait et qu'il voyait ses plus secrètes pensées ; mais ce cœur était si pur, si noble et si doux, que Pierrot se sentit pris d'un violent désir de se jeter à genoux devant elle, et de l'adorer comme la plus parfaite créature de Dieu.

— Pierrot, dit la fée, voilà celle que je te destine ; mais il faut que tu l'obtiennes par des travaux auprès desquels ce que tu as fait n'est rien. Il faut que tu sois devenu le meilleur des hommes et le plus brave ; que tu laisses de côté pour toujours tes intérêts personnels, ta vanité et le désir même que tu as d'être applaudi des autres hommes. A ce prix, veux-tu être un jour son mari ?

— Je le veux ! s'écria Pierrot.

— Songe bien, dit la fée, que tu ne seras pas toujours heureux et glorieux ; que tu seras un jour calomnié, méprisé peut-être, et qu'il te faudra, pour supporter cette cruelle épreuve, un courage plus grand encore, plus inébranlable et plus rare que celui que tu as montré jusqu'ici.

— Je le veux ! dit Pierrot.

A ces mots, la bonne fée passa au doigt de Rosine, sans qu'elle s'en aperçût, un anneau magique constellé tout semblable à celui qu'elle avait autrefois donné à Pierrot.

— Vous voilà fiancés, dit-elle.

Puis, reprenant la main de Pierrot, en une seconde elle le fit transporter dans sa tente par les génies soumis à ses ordres.

Le lendemain, ce héros, regardant du haut du rempart le camp ennemi, vit se mouvoir toutes sortes de balistes, de béliers, de catapultes et d'autres machines de guerre que faisait apprêter Kabardantès. Cette vue l'inquiéta beaucoup. Il ne pouvait se dissimuler que ses soldats ne tiendraient pas en rase campagne contre la cavalerie tartare, et il voyait bien à ces préparatifs que le mur qui défendait l'armée ne résisterait pas longtemps. Cependant le mal était sans remède. Il fit amasser une grande quantité de bois, d'huile et de rochers, pour brûler ou écraser les assaillants, et proposa des prix pour les plus braves et les plus robustes de ses soldats. Jour et nuit on s'exerçait dans le camp à tirer de l'arc, à manier le sabre ou la hache. Enfin, après un mois d'attente, il vit que l'ennemi allait livrer un second assaut.

Un matin, toute l'armée tartare se mit en mouvement. Soixante chevaux traînaient une machine énorme dont je ne vous ferai pas le détail, parce que le vieil Alcofribas l'a négligé, mais que les ingénieurs de Kabardantès déclaraient capable d'enfoncer une montagne et de s'y frayer un chemin. Cette machine s'avança

lentement jusqu'en face de la grande muraille chinoise. A ce moment, Kabardantès donna le signal : elle
partit comme une flèche et alla s'enfoncer dans la muraille qui s'écroula avec un bruit terrible sur une largeur de plus de vingt pieds.

Aussitôt Kabardantès et les plus braves de son armée se précipitèrent pour entrer dans la brèche. Toute
l'armée chinoise poussa un cri de terreur; mais Pierrot veillait. Lorsque Kabardantès mettait le pied dans
l'intérieur des retranchements, il ouvrit la bouche pour
crier de toute sa force : Victoire ! Pierrot saisit ce moment, et, profitant de ce que les pierres écroulées l'em-
pêchaient de se retirer assez vite, il jeta promptement
dans sa bouche ouverte un énorme chaudron d'huile
bouillante qu'il avait fait préparer. Kabardantès ferma
la bouche trop tard, et, dans sa surprise, avala tout le
contenu du chaudron. Cette huile, descendant dans
ses entrailles, le brûla horriblement. Il s'enfuit, jetant
sa lance, et courut vers son camp en poussant des cris
affreux.

— Qu'avez-vous, seigneur? lui cria son majordome.

Kabardantès, exaspéré, lui donna un coup de pied
si violent que le malheureux majordome fut jeté à six
cents pas de là, et tomba mort sur les rochers. Instruits
par cet exemple, les autres officiers se tenaient à distance, et s'enfuyaient au lieu de répondre à son appel.
Pendant ce temps, le malheureux empereur cuisait in-
térieurement, et se tordait dans des convulsions dé-

sespérées. Enfin, le chirurgien en chef arriva, et, ne
lui voyant aucune blessure, crut qu'il avait la fièvre et
voulut lui tâter le pouls. Kabardantès ouvrit la bouche et fit signe que de là venait son mal. .

— Il a trop mangé, pensa le chirurgien; c'est une
indigestion.

Et il fit préparer un lavement; mais le malheureux
prince, indigné de n'être pas compris, saisit le chirurgien par le cou et par les jambes, et le cassa en deux
sur son genou. Après cet exploit, tout le monde s'enfuit, et il resta seul, maugréant, pestant contre Pierrot,
maudissant mille fois la sotte envie qu'il avait eue mal
à propos de crier victoire, et ne parlant que d'écor-
cher son ennemi. Mais laissons ce féroce empereur, et
revenons à notre ami.

Il n'eut pas le temps de se réjouir beaucoup de la
fuite de Kabardantès et du bon tour qu'il lui avait joué,
car les gardes de celui-ci, qui le suivaient de près,
montèrent à leur tour sur la brèche.

— En avant! cria Pierrot à ses soldats; et, pour
leur donner l'exemple, il fendit en deux, d'un coup de
sabre, un officier tartare. D'un revers il abattit la tête
de son voisin, et coupa l'épaule droite au troisième.
Le quatrième, qui était un guerrier renommé dans
l'armée tartare pour son courage, s'avança sur Pierrot
et voulut le percer d'un coup de lance. Pierrot para le
coup, et, saisissant une broche qui tournait devant le
feu, en plein air, et qui portait un dindon à moitié

rôti, il la passa au travers du corps du Tartare.

— Voilà un dindon et une oie ! dit Pierrot.

Animés par son exemple, les Chinois firent merveille, et le combat devint acharné autour de la brèche. Cependant les Tartares, toujours renforcés, allaient l'emporter lorsque Pierrot s'avisa d'un moyen qui lui réussit.

Il fit jeter sur la brèche une énorme quantité de fagots et y fit mettre le feu. Dès que la flamme commença à s'élever dans les airs, aucun Tartare n'essaya plus de passer dans le retranchement, et Pierrot, n'ayant affaire qu'à ceux qui étaient entrés déjà, et qui n'étaient pas plus de deux ou trois mille, les tailla en pièces. Aucun d'eux ne voulut se rendre.

Le jour finissait, et il était trop tard pour tenter une nouvelle attaque. Pierrot fit réparer la brèche pendant la nuit, et les Chinois travaillèrent avec tant d'ardeur qu'au matin la muraille était refaite, et qu'un monceau de cendres et le sang versé indiquaient seuls le lieu du combat de la veille. L'incendie avait gagné les machines de Kabardantès et les avait consumées. Il fallait donc recommencer ces pénibles travaux. L'armée tartare murmurait contre l'incapacité de son chef, et Kabardantès, furieux, était couché dans son lit, sans pouvoir remuer, ni manger, ni boire, parce que ses entrailles étaient bouillies.

Ce second combat fit à Pierrot encore plus d'honneur que le premier. On convint qu'il avait montré un

9

courage, une présence d'esprit, une habileté dignes
des plus grands capitaines. Malheureusement, plus sa
gloire croissait, plus la rage de ses ennemis cherchait
les moyens de le perdre.

Horribilis, qui s'était bien gardé de paraître durant
le combat, écrivit à Vantripan que Pierrot était seul
maître dans l'armée, qu'il distribuait tous les emplois
à ses créatures, et qu'il aspirait ouvertement au trône.
Si ce prince scélérat avait osé faire assassiner Pierrot,
il l'aurait fait sur-le-champ; mais personne ne voulut
se charger d'une pareille mission. Les uns craignaient
la fureur des soldats; d'autres craignaient encore plus
Pierrot lui-même. Quoiqu'il ne fût pas sur ses gardes,
tout le monde savait qu'il était si fort, si agile, si intrépide, si adroit et si prompt à prendre un parti,
qu'il fallait être sûr de le tuer du premier coup pour
oser l'attaquer, même durant son sommeil.

Cependant Horribilis voulait à tout prix le faire
tuer, ou tout au moins l'exiler. Il avait pris pour confident un vieux magicien dont l'âme était noire de
crimes, et qui avait contre Pierrot la haine que les
méchants nourrissent toujours contre les gens de bien.
Le magicien s'appelait Tristemplète. Il était petit, avait
es yeux enfoncés sous des sourcils grisonnants, le nez
busqué et touchant presque au menton, les pom-
mettes des joues saillantes, et l'air d'un féroce gredin. Ses yeux, comme ceux des chats, voyaient la nuit
aussi bien que le jour. Ce coquin, qui plusieurs fois

déjà avait mérité la potence, et n'échappait à la mort que
par les intelligences qu'il avait avec les démons, plut
tout d'abord à Horribilis, qui le trouva digne de lui.
Tous deux cherchaient continuellement le moyen de
perdre Pierrot.

— Comment faire? dit Horribilis; il est inattaquable!

Tristemplète sourit.

— Le plus inattaquable, dit-il, a toujours quelque
endroit faible : c'est par là qu'il faut le prendre.

Et, tirant de sa poche un affreux grimoire, il prononça les mots sacramentels :

qui signifient, dans la langue magique : *kara, brankara,* et en français : *approche, esclave.* C'est la formule usitée pour évoquer le démon.

Celui-ci parut.

— Maître, dit-il, tu m'as appelé; que me veux-tu?

Ici je passe sous silence une conversation assez longue entre le diable et le magicien. Alcofribas, qui s'y
connaissait, la rapporte tout entière avec les formules
magiques; mais je craindrais, en vous les enseignant,
de vous conduire, sans le savoir, sur le grand chemin
de l'enfer.

Le résultat fut qu'Horribilis apprit que le pauvre
Pierrot aimait éperdument la fille d'une fermière, et
qu'ils avaient été fiancés par la fée Aurore. Hélas!

tremblez et soupirez, âmes sensibles, car de ce jour datent les premiers malheurs de notre ami.

A peine Horribilis eut-il appris tout cela, qu'il quitta l'armée avec son confident, fit enlever Rosine et sa mère dans un nuage, par le moyen des démons qui obéissaient à Tristemplète, et les renferma dans un château revêtu à l'extérieur de plaques d'acier travaillé par les esprits infernaux, et qui avait la propriété d'être invisible.

Au moment même où Horribilis commettait ce crime, l'anneau magique de Pierrot lui serra le doigt comme s'il eût été vivant, et son cœur battit violemment sans qu'il sût pourquoi. C'était un de ces pressentiments que Dieu envoie aux âmes tendres, et qui ne leur font pas éviter le malheur. Pierrot, attristé et plein de pensées lugubres, eut recours à la fée Aurore.

La bonne fée lui apprit ce qui s'était passé, et cherchait à le consoler. Pierrot s'arrachait les cheveux de désespoir.

— Malheureux! disait-il, pourquoi les ai-je quittées? quel besoin avais-je de combattre les Tartares? Ah! marraine, c'est cette funeste absence qui les a perdues! Qui sait où elles sont maintenant? qui sait entre les mains de quel ennemi, et quel traitement il leur fait subir? Périsse mille fois la Chine avec tous les Chinois! Je vais rejoindre ma Rosine chérie. Je pars.

— Tu ne partiras pas, Pierrot, lui dit la fée avec une douce sévérité. Tu as des devoirs plus importants à remplir.

Et comme elle vit qu'il ne l'écoutait pas :

— Je sais où est ta fiancée, dit-elle, et je veillerai sur elle. Ne crains rien ; fais ton devoir en homme de cœur, et sois sûr qu'après la guerre je t'aiderai moi-même à retrouver Rosine.

— Vous me le jurez ? dit Pierrot un peu consolé.

— Je te le promets par la barbe blanche de Salomon, à qui tous les génies obéissent.

A ces mots elle disparut.

Pierrot, impatient de retrouver et de venger Rosine, brûlait de finir la guerre dans une bataille. Il connaissait trop bien la fée pour craindre qu'on fît aucun mal à sa fiancée pendant son absence ; mais il avait peur qu'elle s'ennuyât d'être ainsi enfermée, qu'elle devînt triste, qu'elle tombât malade ; il avait peur de tout, le pauvre Pierrot, quand il s'agissait d'elle. Et il avait bien raison, car s'il y a jamais eu quelque chose de beau, de doux, d'aimable et de gracieux sous le soleil, croyez que c'est la belle Rosine. Je ne lui ai connu qu'un défaut : c'est un petit grain de caprice ; mais ce grain était si petit, si difficile à découvrir, et se cachait si vite, qu'on n'avait pas le temps de l'apercevoir. Toutefois, c'est par là qu'elle touchait à l'humaine nature. Vous le savez, mes amis, rien n'est parfait en ce monde. Telle qu'elle était, Pierrot aurait donné l'empire de la Chine, des deux Mongolies et de la presqu'île de Corée pour pouvoir presser sur son cœur une de ses pantoufles. Ceux qui n'approuveront pas la folie de Pierrot feront bien de s'aller pendre; ils ne sont pas dignes de vivre.

Cependant Kabardantès était guéri. Ses brûlures ne lui avaient laissé qu'un tic affreux qui le rendait encore plus repoussant. Le nerf zygomatique s'était resserré et comme replié sur lui-même, et le malheureux prince, pour rendre à ses mâchoires leur ancienne élasticité, faisait d'épouvantables efforts qui mettaient en fuite tous les assistants. A cela et à quelques coliques près, dont il était brusquement saisi lorsque par mégarde il avalait un potage trop chaud, il dormait, mangeait et digérait fort bien. La première fois qu'il se brûla de nouveau en avalant sa soupe, il saisit le maître d'hôtel et le jeta la tête la première dans une immense chaudière où cuisait le dîner des cinq cent mille Tartares. A la fin du repas, on retrouva les braies de ce pauvre homme. Comme ces braies étaient en caoutchouc, la dent des Tartares eux-mêmes n'avait pu les entamer. On chanta un *De profundis* au lieu de dire les *grâces* comme à l'ordinaire, et il n'en fut plus question.

Le lendemain, le nouveau maître d'hôtel, craignant le même sort, ne servit qu'un dîner de viandes froides. Kabardantès se mit dans une colère furieuse :

— Viens ici! lui cria-t-il.

Au lieu d'obéir, le pauvre cuisinier courut à la porte pour se sauver, mais il n'en eut pas le temps.

L'empereur lui lança une javeline qui le perça de part en part et s'enfonça dans la muraille, où elle resta fixée. Tout le monde applaudit à ce trait d'adresse, et s'enfuit, de peur d'un nouvel accident. Enfin Kabardantès trouva un maître d'hôtel à sa guise. C'était un Tartare intrépide, d'une naissance illustre, et fort estimé dans toute l'armée, mais qui ne s'était jamais mêlé de cuisine. Le premier jour qu'il entra en fonction, Kabardantès remarqua qu'il se tenait toujours derrière son fauteuil. Il lui demanda le motif de cette réserve. Le Tartare répondit d'abord que c'était le devoir de sa charge ; puis, comme le prince insistait, il tira sa dague, et déclara fièrement que si le dîner avait été mauvais, il aurait, sans attendre plus longtemps, coupé la tête à Kabardantès pour éviter le sort de ses prédécesseurs.

— Ta hardiesse me plaît, dit l'empereur ; mais, pour que je puisse dîner en paix, il ne faut pas que j'aie derrière moi un homme toujours prêt à me couper le cou. Laisse là tes fonctions et rentre dans l'armée. Je te fais mon lieutenant principal.

Tout le monde admira et loua tout haut la grandeur d'âme de Kabardantès, et tout bas l'heureuse hardiesse du maître d'hôtel. Celui-ci devint aussitôt le ministre et le favori de son maître. Cette histoire, qui est très-véridique puisqu'elle sort de la bouche du

vieil Alcofribas, a suggéré à ce sage enchanteur la réflexion suivante :

« Que, dans toutes les situations de la vie, le courage et la franchise sont encore les meilleurs moyens
de sortir d'embarras. On ne ment jamais que par
lâcheté, et le lâche n'inspire à personne ni estime ni
intérêt. »

Voilà, mes enfants, la réflexion du vieux magicien;
si elle vous paraît bonne, faites-en votre profit, sinon,
mettez-la au panier.

Cependant ni la grandeur d'âme de Kabardantès, ni
la hardiesse de son favori, qui s'appelait Trautmanchkof
(j'oubliais de vous le dire, et cela est important pour
la suite de cette histoire), ne donnaient à manger à
l'armée tartare. Plusieurs mois s'étaient écoulés sans
qu'elle eût obtenu le moindre succès : ses provisions
commençaient à s'épuiser. Il ne restait plus ni veaux,
ni vaches, ni cochons. Kabardantès lui-même était réduit à manger du cheval, et ce n'était pas une bonne
nourriture, croyez-moi, avant que quelques savants de
l'Institut eussent inventé d'en faire manger aux autres,
pour manger eux-mêmes du bœuf et des poulardes
à meilleur marché.

Au contraire, l'armée chinoise, bien pourvue de
tout par les soins de Pierrot, aguerrie à supporter la
vue et le choc des Tartares, devenait tous les jours
plus redoutable. Les plus lâches désiraient la bataille,
se croyant, avec de l'aide Pierrot, assurés de vaincre.

Kabardantès rugissait de colère, et se voyait pris dans
un piége : il n'osait retourner en arrière de peur
d'être détrôné par ses propres sujets, furieux de leur
défaite, ni tenter une nouvelle escalade, après que les
deux premières lui avaient si mal réussi. Enfin, il
s'avisa d'un moyen sûr pour rétablir l'égalité des
forces, et combattre même à cheval, malgré la grande
muraille.

Il fit amasser dans les îles Inconnues toutes les char-
rettes et tous les tombereaux qu'on put trouver. Il les
fit amener par des bœufs, et les fit conduire au pied
de la muraille, chargés de pierres énormes. En peu de
temps il se forma un entassement prodigieux que Kabardantès fit recouvrir de sable et de terre pris dans
le voisinage. Cet entassement de rochers, de sables et
de terre amoncelés descendait en pente douce du
sommet de la muraille des Chinois jusqu'au camp des
Tartares, et permettait à la cavalerie de marcher et
même de galoper sans crainte jusqu'au sommet de la
muraille. Là, on devait combattre corps à corps, et,
dans un combat de cette espèce, Kabardantès et ses
soldats ne doutaient pas de la victoire.

De son côté, Pierrot suivait de l'œil les progrès de
ce travail. Il fit secrètement creuser le terrain sous
l'immense amas de matériaux entassés par l'ennemi,
fit soutenir ce travail par des voûtes en maçonnerie
d'une solidité admirable, et enferma cinq ou six cents
tonneaux de poudre dans ces caves, qui étaient

9.

creusées à une profondeur de près de cent pieds. En
même temps, à cinquante pas environ de la grande
muraille, il en fit construire une seconde toute semblable. L'espace de cinquante pas qui séparait les
deux murailles était destiné à servir de fossé où toute
la cavalerie tartare, arrivant au galop, serait forcée de
sauter. En même temps il fit construire des ponts-levis
qu'on pouvait à volonté abaisser ou relever, et qui devaient servir pour la retraite des Chinois, en cas d'attaque.

Plus d'un mois se passa pendant qu'on faisait ces
préparatifs de part et d'autre. Chacune des deux armées se tenait sur ses gardes, mais évitait d'attaquer
son adversaire. Enfin Kabardantès crut le moment favorable.

— A quelle sauce te mangerai-je? cria-t-il à Pierrot.

— A l'huile, répondit celui-ci.

A ce souvenir, l'empereur des îles Inconnues fut
transporté de fureur et donna le signal du combat.
Quatre cent mille Tartares à cheval (car les autres
avaient péri de fatigue ou sous les coups de Pierrot)
s'ébranlèrent en même temps et coururent au grand
galop sur l'esplanade qu'ils avaient construite. C'était un
spectacle admirable et grandiose : tous ces chevaux
galopant ensemble sur une profondeur extraordinaire,
et ces cavaliers tenant la lance en arrêt et poussant des
cris affreux, jetèrent la terreur dans l'âme des Chinois

Pierrot s'en aperçut et donna le signal de la retraite.
Ils se retirèrent en bon ordre au moyen des ponts-levis, poursuivis de près par la cavalerie tartare, qui,
s'échauffant à cette vue, prit le grand galop et arriva
juste au moment où le dernier soldat chinois ayant
passé, on commençait à lever les ponts-levis.

Aucun Tartare ne soupçonnait le piége, Pierrot
ayant caché ses travaux au moyen de palissades qui
étaient dressées sur la muraille, et qui semblaient
n'avoir pour but que d'abriter la poltronnerie des Chinois. Le jour de la bataille, il avait fait abattre ces palissades, qui furent jetées dans le fossé antérieur. Aussi
les Tartares furent bien étonnés lorsque, arrivant sur
la plate-forme de la muraille, ils entendirent la voix
moqueuse de Pierrot leur crier :

— Au bout du fossé, la culbute.

Ce fut en effet une culbute épouvantable. Les trente
premiers rangs de la cavalerie, lancés à toute bride,
sautèrent dans le fossé sans pouvoir contenir l'ardeur
de leurs chevaux. Les autres, avertis à temps, restèrent
sur le bord et regardèrent tristement le sort de leurs
camarades. Ceux-ci tombaient les uns sur les autres
avec un bruit sourd de têtes brisées, de jambes cassées
et de poitrines enfoncées. Les chevaux se débattaient
sur les hommes, et tous ensemble, percés de leurs propres armes, remplissaient de sang le fossé. Les Chinois
roulaient sur eux des rochers énormes qui achevaient
ceux que leur chute n'avait pas tués du premier coup.

Au milieu de ce désastre, l'âme sensible de Pierrot fut saisie de compassion. Il arrêta ses soldats, et fit offrir à ces malheureux, qui se débattaient contre la mort, de leur donner la liberté et la vie s'ils voulaient se rendre. Tous acceptèrent, et Pierrot leur fit jeter des cordes au moyen desquelles on les repêcha un à un : on les envoya dans l'intérieur de la Chine, où ils furent employés à faire des routes, à cultiver la terre et à mener les chevaux, besogne qu'ils entendaient mieux que personne.

Un seul refusa de se rendre : c'était Kabardantès lui-même. Il était tombé le premier dans le fossé avec son cheval ; mais comme il était invulnérable et que ses os étaient faits d'une manière plus dure que le fer, il n'eut aucun mal dans sa chute. Il jurait affreusement en voyant tomber successivement sur sa tête toute l'avant-garde de son armée.

— Scélérat, cria-t-il à Pierrot, tu n'oserais m'attaquer en face, tu me tends des piéges.

— Comme à une bête féroce, dit Pierrot ; et tu es en effet aussi bête que féroce. Quant à te combattre en face, j'en serais fort aise, si je n'avais pas en ce moment quelque chose de mieux à faire ; mais sois sûr que cela se retrouvera.

Pierrot ne voulut pas dire tout haut ses raisons, mais toute l'armée les comprenait sans qu'il eût besoin de parler. Il ne craignait pas de risquer sa vie ; seulement il ne savait à qui laisser le commandement après sa

mort. Il n'avait que du mépris pour la lâcheté d'Horribilis, et aucun des généraux chinois n'était assez illustre par sa naissance et par son courage pour qu'on
pût lui confier le sort de l'armée. Il aurait donc consenti de grand cœur au combat, si la guerre eût été
terminée et que l'armée tartare eût consenti à se retirer après la mort de son chef; mais il fallait d'abord
battre les Tartares si complétement qu'ils n'osassent
plus revenir en Chine.

Ceux-ci étaient encore très-loin de se décourager.
S'ils furent d'abord étonnés de la profondeur du fossé
et du triste sort de leurs camarades, cet étonnement
dura peu, et ils demeurèrent sur le bord de la muraille,
ne pouvant pas passer et ne voulant pas faire retraite.
Enfin le brave Trautmanchkof, qui avait pris le
commandement après la chute de Kabardantès, envoya chercher des fascines, des pierres, de la terre, et
ordonna de combler le fossé. En entendant donner cet
ordre, Pierrot s'avança sur le parapet du rempart, et
dit :

— Mes amis, vous avez, si vous le voulez, une occasion admirable de faire la paix. Je suis vainqueur, et
je vous l'offre. J'estime votre courage, et je vous promets de vous rendre vos prisonniers. A ce prix, les
deux nations seront amies jusqu'à la fin des temps.
Croyez-moi, une bonne paix vaut mieux que la plus
glorieuse guerre.

— Va prêcher ailleurs, lui cria Trautmanchkof, nous

ne partirons pas avant d'avoir vengé dans le sang de tous les tiens le malheur de nos camarades.

En même temps il banda son arc et tira une flèche contre Pierrot. Celui-ci fut blessé légèrement à la main.

— Vous l'avez voulu, cria-t-il ; que le sang versé retombe sur vos têtes !

Et il donna le signal de mettre le feu aux poudres. Les artificiers (car, en ce temps-là, la poudre ne servait qu'à tirer des feux d'artifice, et il n'y avait ni fusils, ni canons, ni pistolets), approchèrent les lances à feu de la traînée de poudre qui communiquait avec tous les tonneaux. En un instant une effroyable explosion se fit entendre et souleva le champ de bataille tout entier. La muraille intérieure elle-même, derrière laquelle se tenaient les Chinois, fut ébranlée. Une masse prodigieuse de sables et de rochers, soulevée par l'explosion, fut lancée dans les airs à une hauteur extraordinaire ; et, parmi ces sables et ces rochers, plus de cent cinquante mille Tartares périrent avec leurs chevaux : les autres s'enfuirent au grand galop jusqu'à deux lieues du camp. Kabardantès, qui attendait encore dans le fossé entre les deux murailles qu'on vînt le tuer ou lui rendre la liberté, fut lancé dans le camp de Pierrot, et retomba à terre sans se faire aucun mal. Aussitôt il s'élança au travers des Chinois, qui se gardèrent bien de l'arrêter, et, d'un bond extraordinaire, il sauta le fossé et se trouva libre et du côté des

Tartares. Alors, sans s'arrêter à considérer cet effroyable spectacle, il alla rejoindre son armée, qui galopait en désordre du côté des îles Inconnues.

Pierrot fit sur-le-champ creuser un nouveau fossé et
déblayer l'esplanade. Mais il n'avait pas à craindre de
sitôt un nouvel assaut. Dès que Kabardantès reparut
dans son armée, ce fut une huée universelle. Les uns
lui faisaient compliment de son adresse à sauter, et le
comparaient à une balle élastique qui tombe à terre et
rebondit dans les airs. D'autres lui reprochaient leur
défaite et lui montraient avec des imprécations les
blessures qu'ils avaient reçues à son service. Les plus
échauffés parlaient de le lapider. Le géant, effrayé de
la fureur croissante des Tartares, s'écria, d'une voix
qui dominait le tumulte, qu'il fallait attribuer la défaite à la perfidie de Pierrot, et non à sa propre inha-
bileté; que personne ne pouvait prévoir l'existence du
fatal fossé; qu'il l'avait prévu moins que tout autre,
puisqu'il avait sauté dedans le premier; mais qu'il
était prêt à venger son armée et lui-même en provo-
quant Pierrot à un combat singulier. Au reste, ajouta-
t-il en terminant, si quelqu'un de vous se croit plus
brave et plus habile que moi, qu'il vienne me le dire
en face, et je lui ferai voir de quel bois je me chauffe.

A ces mots, saisissant le soldat le plus voisin par
une jambe, il le fit tourner en l'air comme une fronde
et le lança sur une montagne voisine. Le malheureux
fut écrasé du coup. A cet acte de vigueur, l'armée tar-

tare reconnut son chef, et chacun en silence regagna son rang. Le lendemain, toute l'armée retourna au camp, mais il ne restait plus que les piquets des tentes et les cendres des feux du bivouac. Pendant la nuit, Pierrot avait fait enlever les vivres et les bagages. A cette vue, la consternation s'empara des Tartares, et Kabardantès lui-même commença à désespérer de les retenir sous les drapeaux. Il y eut une trêve de dix jours pendant lesquels chaque parti ensevelit ses morts, car, même du côté des Chinois, il y avait eu quelques victimes de l'explosion.

Cependant l'empereur des îles Inconnues s'arrachait de désespoir les cheveux et la barbe. Il insultait Pierrot à haute voix, et le défiait de descendre en plaine et de se mesurer avec lui. Le sage Pierrot, secrètement piqué, mais retenu par les raisons de prudence et de salut public que nous avons dites plus haut, ne daigna pas répondre à ces cris furieux. Il attendait que la faim et l'ennui forçassent les Tartares à se retirer.

Un siége de cette espèce ne pouvait durer longtemps.

Les assiégés, bien pourvus de vivres et d'armes, tous les jours plus aguerris et plus confiants dans leur chef, commençaient à ne plus redouter l'ennemi. La nuit, Pierrot faisait des sorties, harcelait les Tartares, enlevait leurs convois et leurs chevaux, et finit par les réduire à une telle disette de toutes choses, qu'un

matin, prenant leurs armes et leurs drapeaux, officiers et musique en tête, ils allèrent déclarer à Kabardantès qu'ils rentraient chez eux, et que s'il voulait continuer la guerre, il resterait seul. L'orateur de
l'armée était ce même Trautmanchkof qui avait été
quelques jours le favori de l'empereur, mais qui, devenu suspect par son courage et sa fierté, aspirait secrètement au trône.

Kabardantès, hors de lui, saisit sa masse d'armes et
voulut se précipiter sur ses officiers. Ceux-ci, sans l'attendre, partirent au galop, suivis de toute l'armée,
qui prit la route des îles Inconnues. Kabardantès courut après ses soldats et en assomma quelques-uns, ce
qui ne fit que donner des jambes aux paralytiques et
des ailes à ceux qui ne l'étaient pas. Tout à coup il entendit un grand bruit : c'était l'armée de Pierrot, qui,
son général en tête, poursuivait les Tartares en chantant ce refrain :

> C'est le chien de Jean de Nivelle,
> Qui s'enfuit quand on l'appelle.

Le malheureux Kabardantès eut d'abord envie de
faire face comme un sanglier acculé par des chasseurs,
mais il perdit courage en voyant Pierrot piquer des
deux à sa rencontre et toute son armée le suivre.

— Attends-moi, lui cria Pierrot, qui, monté sur
Fendlair et fier comme Artaban, jouissait alors du fruit
de sa prudence et de sa valeur. En même temps il chan-

tait sur un air nouveau les paroles si connues

> Car les Tartares
> Ne sont barbares
> Qu'avec leurs ennemis

Attends-moi, foudre de guerre; attends-moi, vainqueur des vainqueurs.

Kabardantès ne s'amusa pas à répondre. Il courait à pied si vite et il avait l'haleine si longue, qu'en une heure il avait déjà fait plus de vingt lieues. Pierrot, voyant qu'il était impossible de l'atteindre, rejoignit son armée.

Il fut accueilli par des acclamations. Sans attendre l'ordre de leurs chefs, tous les soldats se précipitèrent à sa rencontre. Ils portaient au bout de leurs lances des couronnes de feuillage qu'ils jetaient sous les pieds de son cheval. Fendlair, qui avait autant d'intelligence que d'ardeur, faisait des courbettes gracieuses à droite et à gauche, comme pour remercier la foule des honneurs qu'elle rendait à son cavalier. Peu à peu l'enthousiasme devint si violent et si frénétique qu'on enleva Pierrot et son cheval pour les porter à bras. Pierrot, ému de tant de reconnaissance, ne _avait comment les remercier et se dérober à son triomphe.

— Que tous ces hommages me seraient doux, pensait-il, si je pouvais les partager avec Rosine!

Horribilis seul ne prenait aucune part à la joie commune. Enfermé dans sa tente avec son noir confident, il attendait l'effet des lettres qu'il avait écrites à son

père. Enfin ce message si désiré arriva. Au moment
même ou Pierrot rentrait dans sa tente, entouré de
ses officiers, un courrier lui remit une dépêche du
roi. Pierrot la lut, et sans changer de ton, dit à ceux
qui l'entouraient :

— Sa Majesté me rappelle à la cour et me charge de
remettre au prince Horribilis le commandement de
l'armée.

A cette nouvelle inattendue, tout le monde fut con-
sterné.

— Qu'allons-nous faire? disaient les généraux. Si le
grand connétable nous quitte, nous sommes perdus :
les Tartares vont revenir en force; en une heure, tout
sera fini.

Des officiers la nouvelle passa aux soldats : leur joie
se changea en un profond accablement. Ceux qui ne
craignaient rien sous les ordres de Pierrot craignaient
tout sous le commandement d'Horribilis. On s'assem-
bla d'abord sous les tentes, puis dans la grande place
du camp; on résolut de ne pas obéir, de garder Pierrot
malgré lui, de renvoyer Horribilis, et, s'il le fallait,
de proclamer Pierrot roi de la Chine. De tous côtés
s'éleva le cri de Vive le roi! Vive Pierrot Ier! A mort
Horribilis! A bas Vantripan et toute sa dynastie!

A ces cris, Horribilis se cacha sous un tapis avec
Tristemplète et attendit l'événement. Il n'attendit pas
longtemps : Pierrot sortit de sa tente et s'avança dans
la foule. Tout le monde s'écria : Vive Pierrot! Il fit

signe de la main qu'il allait parler : tout le monde fit
silence.

— Amis, dit-il, que signifient ce tumulte et ces acclamations ? J'entends que quelques séditieux veulent
désobéir au roi et me garder malgré moi même ! Est-ce
ainsi que vous obéissez aux lois de la patrie et au grand
roi Vantripan ? Il a plu au roi de me donner le commandement de son armée, j'ai obéi ; nous avons combattu et vaincu ensemble, je ne l'oublierai jamais ;
mais le salut de la patrie ne tient pas à un homme.
Sous le prince Horribilis, vous vaincrez l'ennemi,
comme vous l'avez vaincu avec moi. Voulez-vous, en
désobéissant au roi, allumer une guerre civile, quand
la guerre étrangère est à peine terminée ? Retournez
à vos tentes, et attendez-y les ordres du prince. Pour
moi, je pars.

Je regrette de rendre si mal le discours de Pierrot.
Il y a ici une petite lacune bien regrettable dans le
texte du vieil Alcofribas. Les rats ont mangé le manuscrit, de sorte que j'ai pu à peine en déchiffrer quelques
lignes que je vous donne sans ordre et sans suite ;
mais croyez, mes amis, que ce discours fut rempli de
la plus profonde éloquence ; car, sur-le-champ, chaque
soldat rentra dans sa tente en poussant une dernière
acclamation en signe d'adieu, et Pierrot partit sans
résistance après avoir remis le commandement à Horribilis.

— Ah ! je respire enfin, s'écria celui-ci en recevant

le cachet royal, qui était le signe de l'autorité de Pierrot ; je n'aurai plus sans cesse sous les yeux ce rival détesté. C'est maintenant, mon brave Tristemplète, que je vais me couvrir de gloire à mon tour et poursuivre l'ennemi jusque dans sa capitale.

Laissons-le se bercer de ces espérances. Avant peu nous verrons les tristes effets de sa jalousie et le danger dans lequel il mit toute l'armée par sa lâcheté. Suivons maintenant Pierrot.

Il était partagé entre deux sentiments contraires : la tristesse d'être enlevé à ses soldats au moment de recueillir le fruit de sa victoire, et la joie de recouvrer sa liberté et de pouvoir venger et sauver Rosine de ses ennemis. Pour dire la vérité, cette dernière impression était si forte chez lui qu'il courait au galop en chantant sur la route de Pékin, et que les passants le croyaient à moitié fou. Ils n'avaient pas tort : au fond de l'amour, n'y a-t-il pas toujours un grain de folie ?

Voyons maintenant ce qui se passait à la cour du grand roi Vantripan. Si vous le voulez, nous remettrons ce récit au chapitre suivant. Je me suis un peu essoufflé en courant à la suite de Pierrot sur le grand chemin, et je vais me reposer. Suivez mon exemple.

CINQUIÈME AVENTURE DE PIERROT

COMBAT DE PIERROT CONTRE BELZÉBUTH
ET LES ESPRITS INFERNAUX

I

« Il y a, dit le vieil Alcofribas en commençant le cinquième livre de l'histoire de Pierrot, quelque chose qui va plus vite que le vol de l'hirondelle, plus vite qu'une locomotive lancée à toute vapeur, plus vite que le vent qui passe sur la montagne et qui au même instant rase déjà la plaine, plus vite que la lumière du soleil qui parcourt quatre-vingt mille lieues par seconde ; c'est la pensée de l'homme. Pierrot galopait plus vite que ne court la locomotive et que ne vole l'hirondelle, mais sa pensée galopait encore devant lui. »

Le sage enchanteur entend par là que notre ami Pierrot était fort pressé d'arriver et qu'il ne s'arrêtait guère à considérer à droite ou à gauche les objets qui se trouvaient sur la route. Horribilis l'avait bien prévu, et c'était pour forcer Pierrot de quitter le commandement de l'armée qu'il avait fait enlever et transporter la belle Rosine et sa mère dans la forteresse invisible, gardée par les esprits infernaux. Cependant Pierrot, tout en enrageant de ce délai, crut de son devoir de se rendre aux ordres de Vantripan et de lui dire l'état des affaires sur la frontière, et sa dernière victoire sur les Tartares. Fendlair, aussi infatigable que lui, courait comme si le salut du monde eût dépendu de sa vitesse. Enfin Pierrot arriva, et tout botté, tout éperonné se présenta devant Vantripan.

Le moment n'était pas favorable. Ce grand roi, ayant mangé trop de melon, avait mal digéré et se trouvait de fort mauvaise humeur. Aussi fit-il une vilaine grimace quand on annonça l'arrivée du grand connétable.

— Ah! ah! dit-il, le voilà donc, ce rebelle. Qu'il entre.

— Sire, dit Pierrot en entrant, que Votre Majesté me pardonne ma hardiesse, je ne suis pas un rebelle.

— Qu'es-tu donc, drôle? Tu abuses de mes bontés; tu te glisses à ma cour; je te fais grand connétable, grand amiral, premier ministre, je te donne mon sceau royal, je te délègue mon autorité suprême, et j'apprends que de toutes parts on se plaint de toi, que tu opprimes mes sujets, que tu jettes mes officiers en prison, que tu fuis devant les Tartares, que tu n'oses livrer bataille, que tu déshonores mes armes et la gloire de mon empire ! Enfin, pour comble d'audace et d'insolence, tu oses te révolter contre ton prince, tu payes des soldats séditieux pour qu'ils te proclament roi ! Est-ce la conduite d'un sujet fidèle ou révolté? Réponds.

En parlant, ce grand roi s'échauffait et s'enhardissait peu à peu jusqu'à insulter Pierrot. Les courtisans, qui connaissaient le caractère fier et peu endurant de celui-ci, commencèrent à trembler et à regarder du côté de la porte, s'attendant à quelque scène violente. Ils se trompaient. Pierrot répondit avec beaucoup de sang-froid :

— Oserai-je demander à Votre Majesté de qui elle a reçu des renseignements si authentiques sur mon administration?

— Et de qui, répliqua Vantripan qui se méprit au sang-froid de Pierrot et crut qu'il avait peur, et de qui, si ce n'est du seul de mes sujets qui soit assez fidèle et courageux pour oser te dénoncer à moi et braver ta vengeance?

— Quel est ce sujet si fidèle et si courageux? demanda pour la seconde fois Pierrot.

Vantripan s'aperçut qu'il était allé trop loin et que Pierrot commençait à s'échauffer. Il eût bien voulu rattraper ses paroles et les renfoncer au fond de son gosier; mais « une parole échappée, dit très-bien le

vieil Alcofribas, est comme une hirondelle qu'on met
en liberté, elle ne revient jamais vers celui qui l'a lâ-
chée. » Enfin il répondit avec quelque embarras :

— C'est Horribilis qui m'a découvert tous ces abus.

— Sire, dit Pierrot, que le prince Horribilis rende
grâce à l'honneur qu'il a d'être de votre sang et l'héritier de votre couronne. Je ne supporterais pas aussi aisément d'un autre de pareilles calomnies. Qu'on pro-
duise des témoins contre moi, et je me justifierai.

— Des témoins, des témoins! dit Vantripan embarrassé, cela est bien facile à dire. N'en a pas qui veut,
des témoins.

— J'en ai, moi, Majesté, dit Pierrot.

Et il rendit compte de son administration d'une manière si claire, si précise et si éloquente, que toute la
cour était dans l'admiration, et le pauvre Vantripan
dans la stupeur. Mais quand Pierrot termina son récit
en annonçant la fuite des Tartares que le roi ignorait
encore, ce fut un concert d'acclamations. Le gros Vantripan se leva lui-même, et l'embrassant, le fit asseoir à
côté de lui.

— Pardonne-moi, mon pauvre Pierrot, lui dit-il,
d'avoir cru tous ces mensonges. Tu le sais bien, je
t'ai toujours aimé et je n'aimerai jamais que toi; ceux
qui disent le contraire sont des menteurs et des misé-
rables que je ferai pendre ou empaler, à ton choix.

— Majesté, dit Pierrot, je vous remercie de l'offre
que vous me faites, mais je ne l'accepte pas. Je ne

10

veux pas être plus longtemps un sujet de querelle et
de scandale dans votre cour et dans votre famille. Je
me retire, et je désire que le ciel vous donne des serviteurs, non plus dévoués que moi à votre service (cela
est impossible), mais plus heureux.

— Ne te retire pas, s'écria Vantripan, je te le dé-
fends. J'ai besoin de toi ; je veux t'avoir près de moi
jusqu'à mon dernier jour. Que te manque-t-il ? Je te
le donnerai sur l'heure. Veux-tu ma fille en mariage ?
Tu me l'as déjà demandée. Je te la donne ; et, si elle
a fait autrefois quelques difficultés, je suis sûr qu'elle
sera aujourd'hui la première à te présenter la main.
N'est-ce pas vrai, Bandolinette ?

La princesse fit signe que rien ne lui serait plus
agréable ; mais il était trop tard. Pierrot était cuirassé
contre l'ambition, et il se souciait peu de toutes les
princesses du monde. Il fut cependant fort embarrassé,
car il n'osait dire en public qu'il refusait la main de
la belle Bandoline, ce qui n'était pas poli, et il voulait
encore moins laisser croire qu'il l'acceptait.

— Sire, dit-il enfin, je sens tout l'honneur que Votre
Majesté veut bien me faire. Il est vrai qu'en d'autres
temps j'ai désiré cette alliance ; mais depuis j'ai ré-
fléchi qu'elle était trop au-dessus des vœux et de la
naissance d'un sujet et du fils d'un meunier.

— De quoi te mêles-tu ? s'écria Vantripan, si ma
fille et moi nous te trouvons bon tel que tu es ? Est-ce
à toi de faire des façons ? Va, va, donne-moi la main,

et toi aussi, Bandolinette, et nous ferons la noce dans trois jours.

Bandoline donna la main, mais Pierrot resta immobile.

— Majesté, reprit-il, cette alliance autrefois eût comblé tous mes vœux; aujourd'hui je ne puis plus y prétendre. J'ai le dessein, aussitôt que Votre Majesté voudra me le permettre, de résigner entre ses mains tous mes emplois et de me retirer dans un village. Je veux me faire fermier. J'ai des goûts rustiques, sire, ce qui ne doit pas vous étonner. Paysan je suis né, paysan je mourrai. Une ferme est-elle un séjour convenable pour une si grande princesse?

— Pierrot, dit le gros Vantripan, tu me caches quelque chose, tu as quelque raison que tu ne veux pas dire. Voyons, est-ce le ressentiment d'avoir vu ta demande refusée? Bandoline va te demander elle-même en mariage. Après cela, sabre et mitraille! que peux-tu demander davantage? ton orgueil est-il satisfait?

— Pierrot, dit la belle Bandoline en rougissant, me voulez-vous pour femme? et si vous vous faites fermier, voulez-vous que je sois votre fermière?

— Il est trop tard, dit Pierrot; la place est prise.

Si jamais on voulait peindre le comble de l'étonnement, il faudrait représenter la figure des courtisans du grand Vantripan, le grand Vantripan lui-même et la pauvre Bandoline. Les uns et les autres n'en pou-

vaient croire leurs oreilles. Il n'y avait pas, dans les
annales des quatre-vingt-quinze dynasties qui ont ré-
gné cent cinquante mille ans sur la Chine, un seul
exemple d'un pareil refus. La position de Pierrot était
devenue si délicate qu'il aurait donné beaucoup pour
voir finir cette conversation. Malheureusement, il n'o-
sait s'en aller, et restait seul, debout, et les yeux bais-
sés, au milieu des regards de tous. Ses paroles furent
suivies d'un long et profond silence. Enfin Vantripan
s'écria :

— Mille millions de cathédrales! Pierrot, es-tu venu
pour m'insulter?

— Vous vous trompez, sire, dit Pierrot avec une
respectueuse fermeté; je n'ai point brigué l'honneur
que Votre Majesté daigne me faire, et, comme je ne
puis l'accepter, je le déclare avec sincérité.

A ces mots, la princesse Bandoline ne put retenir
ses larmes. La honte et la douleur la suffoquaient.

— O ciel! s'écriait-elle, être dédaignée par celui
que j'ai dédaigné si longtemps!

Elle se leva, et, suivie de sa mère, alla pleurer à
l'aise dans son appartement. Il faut tout dire : Pierrot, vainqueur des Tartares; Pierrot, premier ministre
adoré de tout un peuple (ce qui est si rare pour un
ministre), avait une tout autre mine que Pierrot capitaine des gardes, et connu seulement par son fameux
duel avec Pantafilando.

— Pourquoi, disait-elle amèrement, n'ai-je pas su

deviner ce qu'il deviendrait un jour? pourquoi l'ai-je méprisé?

Et son imagination s'enflammant peu à peu, elle résolut de connaître sa rivale pour se venger d'elle, et, s'il était possible, l'enlever à Pierrot.

Pendant qu'elle formait des projets si funestes à la tranquillité de notre héros, il essayait, en faisant force excuses, de sortir convenablement du mauvais pas où il était engagé; mais il ne put y parvenir.

— Pierrot, lui dit Vantripan, tu as insulté la majesté royale, tu as dédaigné ma fille; je devrais te faire pendre; mais (ajouta-t-il sur-le-champ en voyant étinceler les yeux de Pierrot) je me contente de te bannir de ma présence. Tu n'es plus ni ministre, ni grand connétable, ni grand amiral; tu n'es plus que Pierrot, Pierrot tout court, entends-tu bien? c'est-à-dire un homme de rien, un ingrat que j'ai nourri de mon pain, abreuvé de mon vin, que j'ai caressé et réchauffé dans mon sein, et qui, comme un serpent venimeux, veut mordre son bienfaiteur. Va-t'en.

— Sire!... commença Pierrot.

— Va-t'en, va-t'en!

— Sire...

— Va-t'en! Je ne veux plus te voir.

— Sire...

— Je ne veux plus entendre parler de toi

— Sire...

— Va-t'en, et que dans vingt-quatre heures on ne

10.

te retrouve plus dans ma capitale, ou je te fais empaler.

— Halte-là, Majesté! cria Pierrot à bout de patience. Je regrette que vous me renvoyiez après que
je vous ai si bien et si fidèlement servi; mais s'il vous
est permis d'être ingrat, il ne vous est pas permis de
m'offenser ni de me menacer. Souvenez-vous, sire,
que, sans moi, Votre Majesté aurait depuis longtemps
rejoint ses ancêtres dans la tombe. Je garde un souvenir
trop récent de vos bienfaits et de la confiance que vous
aviez en moi pour répondre avec colère à une menace
que vous regretterez, sans doute, que vous regrettez
déjà, j'en suis sûr; mais si quelqu'un osait mettre
cette menace à exécution, sire, je tirerais du fourreau,
pour ma défense, ce sabre que j'ai si souvent tiré
pour la vôtre, et, Dieu aidant, personne ne m'atta-
quera impunément.

A ces mots il sortit de la salle d'un air si intrépide
que tous les assistants furent saisis d'admiration et de
crainte. Chacun s'écarta avec respect, et il rentra dans
sa maison.

Quand il fut parti, Vantripan respira. La fière contenance de Pierrot lui imposait plus qu'il ne voulait
l'avouer. Il essaya de tourner en plaisanterie ses dernières paroles, les courtisans firent quelques efforts
pour lui persuader qu'il avait eu raison de maltraiter
son ancien ami; mais au fond il sentait qu'il avait eu
tort.

— Voilà ce que c'est, dit-il, que de mal digérer. On ne sait ce qu'on dit, et l'on se mord la langue pour avoir trop parlé.

Mes enfants, quoique le gros Vantripan ne fût pas un fort habile homme, il avait grandement raison en cette occasion; et, que vous ayez mal ou bien digéré, vous ferez fort bien de suivre en tout temps son conseil. « Trop gratter cuit, trop parler nuit, » dit le proverbe.

En rentrant chez lui, Pierrot ne pensait plus à ses emplois perdus, à la colère du roi Vantripan, à la haine d'Horribilis, aux Tartares, ni à qui que ce soit; il ne pensait qu'à la grande expédition qu'il allait entreprendre pour délivrer sa Rosine bien-aimée. Il donna quelques heures à Fendlair pour se reposer, et, congédiant ses pages et ses domestiques avec un présent proportionné aux services de chacun, il partit dès le lendemain. Dès qu'il fut hors des portes de la ville, il se sentit si heureux, il était si sûr de délivrer Rosine, et, après l'avoir délivrée, de ne plus la quitter, qu'il faisait mille projets et bâtissait mille châteaux en Espagne dont la seule idée lui promettait plus de bonheur que la réalité peut-être n'en pouvait donner.

— Malgré ma disgrâce, je suis riche encore, pensait-il; je vais acheter une ferme magnifique, toute semblable à celle de Rosine, mais beaucoup plus grande, parce que nous serons plus nombreux. J'y ferai bâtir une belle maison, à mi-côte, toute blanche, avec des volets verts, ce qui est plus gai. Elle aura deux façades, dont l'une sera tournée à l'orient et l'autre à l'occident, afin qu'on puisse voir le soleil quand il se lève et quand il se couche. Elle sera partagée en deux corps de logis de grandeur égale, dont l'un pour la cuisine, la salle à manger, l'office, le cellier et l'appartement de la fée Aurore; l'autre...

A ces mots, il fut interrompu dans son agréable rêverie par un coup léger qu'une main amie lui frappa sur l'épaule. Il se retourna et reconnut avec joie la fée Aurore.

— Eh bien, dit-elle, où donc vas-tu ce matin?

— Je vais chercher Rosine, dit-il.

Et il fit à la bonne fée le récit de sa séparation d'avec le roi Vantripan. Elle se mit à rire.

— Console-toi, dit-elle, il aura bientôt besoin de tes services, et il te rappellera.

— Je suis tout consolé, répliqua Pierrot, s'il veut bien ne me rappeler jamais.

— C'est bien dit. Tu vas donc chercher Rosine?

— Oui, marraine.

— Où?

Pierrot se gratta le front avec embarras.

— Tu t'embarques sans biscuit et sans boussole? dit la fée. Cette audace confiante me plaît, mais...

— *Audaces fortuna juvat*, dit sentencieusement Pierrot.

— Oui, la fortune aide les audacieux quand ils ont eux-mêmes un grain de prudence. Ainsi tu te figures bonnement que je vais te servir de guide et te conduire à ce château invisible qui tient enfermée la plus belle de toutes les Rosines de ce monde?

— Assurément, dit Pierrot.

— Eh bien, tu te trompes, mon ami; j'ai affaire.

— O marraine!

— Point du tout. J'ai affaire.

— Hélas! dit le désolé Pierrot, je n'ai donc plus qu'à mourir.

— Meurs si tu veux; mais en seras-tu plus avancé? Rosine en sera-elle plus libre? Oui; mais dans un sens : c'est qu'elle pourra épouser un autre que toi.

— Hélas! dit Pierrot, je vais donc me résigner et vivre.

— Oui, mon garçon, résigne-toi.

— Mais à une condition, marraine.

— Laquelle?

— C'est que vous me conduirez sur-le-champ jusqu'à cette forteresse invisible.

— Je te l'ai dit, je ne puis pas; je suis pressée.

Pierrot tira son poignard d'un air tragique.

— Puisque le cas est si grave, dit la fée en riant, ouvre les yeux, badaud, et regarde.

Sans le savoir, Pierrot était juste devant le pont-levis. La fée Aurore, en le touchant de sa baguette, lui avait donné la faculté qu'elle avait elle-même de voir ce qui est invisible de sa nature.

Le château devant lequel s'étaient arrêtés les deux voyageurs était recouvert d'acier poli qui réfléchissait les feux du soleil. Son architecture était admirable, mais sombre, et telle qu'on se figure aisément qu'elle devait être, puisque l'architecte était le démon lui-même. Il n'avait rien oublié de ce qui pouvait ajouter à la hauteur des murailles, à la solidité des grilles et des verrous, à la profondeur des fossés, au fond desquels coulait une rivière enchantée qui faisait le tour du château; elle coulait continuellement, quoiqu'elle fût circulaire et qu'elle n'eût par conséquent ni source, ni embouchure. Elle avait l'air d'un chien de garde plutôt que d'une rivière, et elle en remplissait les fonctions. Sa profondeur était immense, sa largeur prodigieuse et ses eaux toujours bouillantes, de sorte qu'il était impossible d'y mettre le pied sans être cuit tout vif. Au-dessus de la surface de l'eau, les murailles extérieures s'élevaient à une hauteur de six mille pieds ; elles avaient trois cents pieds de largeur à leur base. Au sommet était un large parapet semé, de distance en distance, de tours d'une élévation double de celle des murailles. Chaque tour servait d'habitation et de corps de garde à cent esprits infernaux qui se partageaient la garde par moitié, et qui se relevaient toutes les vingt-quatre heures. Il y avait soixante tours de cette espèce. D'autres génies malfaisants occupaient l'intérieur du château et en faisaient le service. On n'apercevait ni au dedans, ni au dehors rien de ce qui repose l'esprit et de ce qui charme la vie. Point d'herbe, point de gazon, point d'animaux vivants. En face du château s'étendait une chaîne de collines granitiques nues, sombres et stériles, sur lesquelles soufflait sans cesse le vent du nord. Cette chaîne qui suivait presque les contours de l'enceinte du château, avait une formese mi-circulaire, et ses deux extrémités n'étaient séparées que par un défilé assez étroit qui aboutissait au pont-levis. Les collines qui la composaient s'élevaient presque perpendiculairement et ne laissaient à l'homme aucun moyen de les gravir avec les pieds et les mains.

En voyant de si formidables obstacles, la confiance de Pierrot fut ébranlée.

— Comment ferai-je, dit-il, pour lutter seul contre tant de démons?

— As-tu peur? lui dit la fée Aurore.

— De ne pas réussir, oui, dit Pierrot; mais je ne crains pas de mourir si je ne puis la délivrer. Je ne veux vivre que pour elle.

— Ainsi, tu es bien résolu à tout tenter?

— Jusqu'à l'impossible, oui, marraine.

— Va donc, dit-elle; je te transmets la puissance que le divin Salomon, mon père, m'a donné de voir, d'entendre et de lutter à forces égales contre les mauvais génies.

A ces mots, elle prononça des paroles magiques dont Pierrot ne comprit pas le sens, mais dont il sentit aussitôt l'efficacité. Il lui semblait ne plus toucher la terre et ne plus rien avoir de commun avec l'espèce humaine. Il n'avait plus ni faim, ni soif, ni sommeil, ni fatigue : il était comme une des puissances de l'air. La fée Aurore jouissait de son ouvrage.

— Va, lui dit-elle ; tu as combattu pour la justice, c'est-à-dire pour Dieu même. Va combattre maintenant pour ta fiancée : *Dieu et ta dame,* c'est la devise des anciens chevaliers.

Pierrot n'eut pas le temps de répondre : elle avait disparu.

Si l'on me demande pourquoi la fée Aurore, qui était si puissante, si bonne et si aimée des malheureux, n'avait point délivré elle-même la pauvre Rosine, et pourquoi elle laissait courir à Pierrot seul les chances d'une si périlleuse aventure, je vous dirai, mes amis, que je n'en sais rien, et qu'apparemment cela devait être, puisque cela était ; ensuite je vous traduirai la réponse du vieil Alcofribas à cette objection.

« Arrière, s'écrie-t-il, ceux qui n'aiment que le bonheur sans fatigue ! Arrière ceux qui veulent que les alouettes tombent rôties dans leur bouche ! Arrière les paresseux et les lâches, car ceux-là pourront bien goûter un instant les joies fugitives des sens, mais ils ne toucheront jamais aux fruits immortels de la félicité, qui est le partage des âmes sublimes. Qui n'a pas semé ne récoltera pas. »

Voyez, mes amis, si vous voulez vous contenter de

cette raison ; pour moi, je la trouve excellente, et n'en
veux pas chercher d'autre.

Pierrot, resté seul, fit trois ou quatre fois le tour de
l'enceinte du château, comme un lion qui cherche la
porte d'une bergerie, mais il ne trouva aucun moyen
de tenter l'escalade de force. S'il n'avait eu affaire qu'à
des hommes, il aurait tenté l'aventure, et, grâce au
présent de la fée Aurore, il en serait sorti, sans aucun
doute, avec succès ; mais il savait bien que les démons,
qui disposaient d'armes aussi puissantes que les sien-
nes, et qui faisaient bonne garde, viendraient aisément
à bout de lui, grâce à leur nombre. Il résolut d'essayer
la ruse.

Il prit un manteau de couleur sombre et percé d'autant de trous qu'une vieille écumoire ; il se coiffa d'un
chapeau de pèlerin, et, s'appuyant sur un grand bâton, il frappa à la porte du château.

A ce bruit le portier vint à la grille, et, regardant
Pierrot, qui avait l'air d'un vieillard cassé par les années, il se mit à rire.

— Passe ton chemin, lui cria-t-il à travers les bar-
reaux, et ne viens pas nous importuner.

— Hélas ! seigneur, dit Pierrot d'une voix tremblante,
faites l'aumône au pauvre pèlerin : je n'ai plus que
quelques jours à vivre.

Le diable a des vices, comme le fait très-bien obser-
ver M. Victor Hugo, c'est ce qui le perd. A ces mots :
Je n'ai plus que quelques jours à vivre, le portier crut

11

l'occasion favorable pour entraîner en enfer une âme
de plus, et recevoir la gratification que Satan promet
à ceux qui lui amènent une victime. Il tira de sa ceinture un trousseau de clefs et s'empressa d'ouvrir la
porte. Pierrot, riant sous cape, entra lentement, comme
s'il avait eu peine à se traîner, et demanda l'hospitalité. Justement c'était un vendredi, et le diable, qui
dînait d'un excellent jambon de Mayence et d'un bon
pâté froid, trouva plaisant de faire commettre à son
hôte un péché mortel dès son entrée dans le château.
Il offrit donc un siége à Pierrot et la moitié de son
dîner. Pierrot comprit la ruse et sourit. Il s'assit sur
un banc de bois près de la table (car si les portiers
font bonne chère, ils sont en général assez mal logés,
même en enfer) et coupa une tranche de jambon. Le
diable le regardait avec des yeux brûlants de convoi-
tise. Il croyait déjà tenir sa victime, mais il avait affaire
à plus fort que lui.

Au moment où Pierrot allait porter le jambon à sa
bouche, il poussa vivement du coude la bouteille de
vin muscat qui était entre son hôte et lui : elle tomba
à terre et se brisa en plusieurs morceaux. Le portier,
alarmé, se baissa pour en ramasser les précieux restes,
et Pierrot, profitant de ce qu'il était occupé et ne pouvait le voir, cacha subtilement la tranche de jambon
dans son manteau et la remplaça par un énorme morceau de pain qui lui remplissait la bouche et lui gon-
flait les joues.

— Quel maladroit vous êtes! dit le portier en colère, voilà tout ce vin perdu : un muscat délicieux que j'avais justement volé hier au sommelier; je n'en ai plus que deux bouteilles, encore faut-il que j'aille les chercher à la cave.

— Excusez-moi, dit Pierrot la bouche pleine, ma main tremble de vieillesse, et je regrette bien plus que vous ce triste accident.

— Attendez-moi un instant, dit le gardien, qui ne soupçonna pas la ruse, je vais chercher du vin; continuez de manger.

Aussitôt il sortit, et Pierrot, saisissant prestement le jambon tout entier, le jeta au chien du portier, qui le dévora en un clin d'œil. Comme il finissait ce repas, le gardien rentra.

— Eh bien! où est le jambon? dit-il.

— Hélas! dit Pierrot d'un ton lamentable, ne m'aviez-vous pas dit de manger sans vous?

— Malepeste! mon camarade, comme vous y allez!

A ces mots, croyant que Pierrot avait commis le péché mortel de manger de la viande le vendredi, il leva sur lui son bâton, en disant :

— Çà, qu'on me suive!

— Où donc, mon bon seigneur? dit Pierrot larmoyant.

— Tu ne sais donc pas chez qui tu es? dit le gardien d'un air malin et féroce.

— Eh! mon bon seigneur, je pense être chez d'honnêtes gens et de dignes chrétiens.

— Ah! ah! dit le portier en riant, tu es dans le château de Belzébuth, mon ami, j'en suis le gardien.

— Hélas! mon bon seigneur, que vous ai-je fait?

— Tu as mangé du jambon un vendredi ; donc tu es ma proie, viens.

Et il le saisit par son capuchon.

— Où me menez-vous? dit Pierrot.

— Dans l'antre de mon souverain maître, où tu auras le temps de pleurer ta gourmandise pendant l'éternité.

Il l'entraînait de force ; mais Pierrot se dégagea.

— Ah! traître, dit-il, c'est là l'hospitalité que tu m'offres! Je te connaissais, perfide, et je me suis défié de toi. Je n'ai mangé que du pain.

— Pécaïre! dit le gardien.

En même temps Pierrot prit une corde, non de ces cordes de chanvre qu'un homme peut couper ou casser, mais une corde divine, bénie par la fille du grand Salomon, et il lia les pieds et les mains du gardien ; puis il l'enferma dans la huche, alluma de la cire et cacheta la huche avec son anneau constellé, qui représente la figure du roi des génies, ce qui est une barrière infranchissable pour les démons.

— Reste là, dit-il, hôte perfide, jusqu'à ce que je vienne moi-même te délivrer.

Puis prenant le trousseau de clefs du prisonnier, il entra sans crainte dans le château.

Personne ne s'étonna de le voir et ne lui fit de questions. Les démons, parmi beaucoup de vices et de défauts, n'ont pas celui de la curiosité : celui qui sait tout, ne s'informe de rien. Ils étaient d'ailleurs habitués à voir rentrer leurs camarades vêtus d'habits vénérables lorsqu'ils revenaient d'expéditions lointaines. Pierrot passa donc pour un des leurs.

Il entra dans la cuisine et s'assit tranquillement au coin du feu.

— D'où viens-tu, camarade? lui dit amicalement l'un des marmitons.

— De faire un tour de promenade, où je me suis fort amusé; mais j'ai froid et faim. Quel est donc ce repas que tu prépares?

— Ne le sais-tu pas? C'est celui du grand Belzébuth et de toute sa cour, qui dîne avec lui aujourd'hui.

— Ah! ah! dit Pierrot, ces grands seigneurs se nourrissent bien. Qu'est-ce qui cuit là dans ce pot-au-feu?

— C'est un gros financier, dit dédaigneusement le marmiton.

— Il est gras et dodu, dit Pierrot en soulevant le couvercle.

Une vapeur succulente de bouilli se répandit aussitôt dans toute la cuisine.

— Hélas! hélas! disait le pauvre financier, après

avoir si souvent, si longtemps et si bien dîné, je sers à
mon tour de pâture à ces drôles.

— Qu'appelles-tu ces drôles? dit le marmiton en
colère.

— Toi et les tiens, répliqua le financier.

Le marmiton saisit une grande fourchette et la plon-
gea dans le pot comme pour s'assurer que le bouilli
était assez cuit.

— Malheur à moi! cria le financier, il m'a percé les
reins.

— Allons, camarade, dit Pierrot saisi de compassion, laisse là ce pauvre homme et ne le tourmente
pas inutilement.

— Tu en as compassion? dit le marmiton étonné;
tu es donc un faux frère?

— Moi, un faux frère! dit Pierrot indigné. Tu ne me
connais guère. Je vois bien le bouilli, où sont les entrées? ajouta-t-il pour changer de conversation.

— Les entrées sont exquises, dit le marmiton, et
toute la cour va s'en lécher les doigts jusqu'au coude.
Celle de droite est une petite marquise en fricassée,
tendre comme la rosée du matin, et que je vais mettre
à une sauce dont tu n'as pas d'idée, mon pauvre ami;
car tu ne parais pas avoir beaucoup fréquenté la haute
société ni la haute cuisine.

— Hélas! non, dit Pierrot, mais cela viendra. Tu es
bien heureux, toi, d'approcher de si grands person-

nages et d'avoir leur confiance; car tu dois être fort en faveur, étant si habile cuisinier?

— Moi? dit le marmiton d'un air dégagé, je m'en soucie comme de cela, et il fit claquer le pouce sous la dent. Quand on voit comme moi Belzébuth tous les jours, on se blase sur cet honneur, mon ami, on se blase.

Et, tournant sur lui-même, il mit ses mains dans ses poches et fit deux ou trois pas en levant le pied jusqu'à la hauteur de son nez.

Pierrot paraissait ébloui et stupéfait. Il fit encore quelques questions au marmiton, auxquelles celui-ci répondit d'un ton de protection bienveillante.

— Tu vois donc bien souvent Belzébuth? ajouta-t-il.

— Tous les jours, mon cher. C'est moi qui lui porte son café le matin.

— Te parle-t-il souvent?

— Tous les jours.

— Mais qu'est-ce qu'il te dit?

— Il me dit : « Ote-toi de là, imbécile ! »

— Oh! oh! dit Pierrot, ce n'est guère la peine de le voir de si près, si tu n'en obtiens que de pareilles marques de faveur.

— C'est égal, mon cher, c'est toujours quelque chose de l'approcher. Les miettes d'un roi valent mieux que le rôti d'un pauvre diable.

— A propos de rôti, dit Pierrot, qu'est-ce que c'est que celui qui cuit là devant le feu ?

— Eh ! parbleu ! dit le marmiton, c'est le Grand-Turc ; ne le reconnais-tu pas ? on l'a rapporté hier, tout saignant, du marché. Il venait d'être fraîchement poignardé par son frère.

— Mahomet ! Mahomet ! criait piteusement le rôti.

Va-t'en voir s'ils viennent, Jean ;
Va-t'en voir s'ils viennent,

chanta le marmiton d'une voix de fausset.

La conversation continua. Pendant que **Pierrot** se chauffait, le marmiton continuait sa besogne, préparant des fritures de jeunes filles, piquant avec du lard un filet de notaire, et un fricandeau d'épicier qui avait vendu du sucre à faux poids et de l'ocre pour du café. Notre ami s'introduisit peu à peu dans la confiance du marmiton, pensant qu'il pourrait en tirer des renseignements précieux.

En effet, le marmiton lui apprit que Rosine et sa mère étaient enfermées dans une tour située à l'angle du château, et qu'on leur portait tous les jours de la nourriture.

— Mais elles ne touchent à rien, dit-il, et paraissent fort tristes ; il faut que le chagrin leur ait coupé l'appétit, ou que quelqu'un leur apporte secrètement des provisions par le chemin des airs, car elles sont déjà enfermées depuis plusieurs mois, et elles vivent encore.

— Qui est-ce qui porte leur nourriture ? dit Pierrot.

— Et qui serait-ce, si ce n'est moi ? dit avec humeur le marmiton. N'est-ce pas sur moi que retombent toutes les corvées ? Chienne d'existence ! Pendant que les grands seigneurs font bombance là-haut, je suis réduit à lécher le fond des casseroles.

— Je te plains, dit Pierrot.

— Ce ne serait rien, reprit le marmiton ; mais figure-toi, mon cher, que, je ne sais pourquoi, l'on s'est embarrassé de ces pimbêches qui me font la mine du matin jusqu'au soir, et que je ne puis pas maltraiter comme les autres. Cela m'est défendu par ordre supérieur.

— Ah ! dit Pierrot qui reconnut l'effet des soins de la fée Aurore.

— Cela fait pitié, dit le marmiton, de voir l'ennui que causent ici ces péronnelles.

A ce mot, Pierrot ne put se contenir et lui fit tomber les pincettes, rougies au feu, sur le pied. La corne du pauvre diable en fut brûlée et son poil roussi.

— Ah ! gredin, dit le marmiton, et moi qui te traitais en ami !

Aussitôt, saisissant une broche, il se jeta sur Pierrot ; celui-ci, plus leste, prit une casserole pleine d'eau bouillante et l'en coiffa. Le marmiton poussa des cris affreux et tous ses camarades accoururent ; mais comme

11.

les diables entre eux n'ont point de pitié, ils éclatèrent de rire en le voyant la tête prise sous la casserole que Pierrot maintenait de force, tout en évitant les coups de broche. Enfin Pierrot l'ayant désarmé, consentit à ôter sa casserole; mais le marmiton, furieux, tira son couteau de cuisine, large et tranchant, et voulut le plonger dans le ventre de son ennemi. A cette vue, Pierrot saisit un tison brûlant et l'approcha des oreilles du malheureux diable, qui, comme tous ses confrères, les avait longues et velues. Ce fut un incendie après un déluge. Le diable jeta de désespoir son couteau sur Pierrot qui l'évita. Le couteau alla percer le ventre du maître d'hôtel, qui regardait cette scène en riant toujours. Aussitôt il s'affaissa sur lui-même en retenant, avec ses deux mains, ses entrailles qui s'échappaient. Le combat devint alors terrible. Le marmiton, toujours plus exaspéré, prit le pilon de marbre qui servait à broyer les purées et se jeta tête baissée sur Pierrot. Celui-ci, toujours de sang-froid, l'évita encore; le pilon et celui qui le portait allèrent donner dans la poitrine du chef des marmitons qui tomba renversé et sans connaissance. Peu à peu la mêlée devint générale, et les coups tombèrent si dru et si menu sur tous les assistants, qu'on ne savait plus auquel entendre ni qui l'on allait frapper, ami ou ennemi.

Cependant, Pierrot, auteur de tout ce tapage, avait saisi à deux mains un tronc d'arbre arrondi sur lequel on hachait les damnés, et, le faisant tournoyer autour

de sa tête, à chaque coup il abattait un des diables.
Peu à peu tous s'écartèrent de lui et allèrent plus loin
continuer le combat. Pierrot, profitant de l'occasion,
gagna la porte, et prenant des mains du marmiton
évanoui les clefs de la tour et de l'appartement de
Rosine, il y courut sans s'inquiéter si on le poursuivait ou non.

Aussitôt qu'il fut parti, tout s'expliqua. On se demanda qui était cet étranger, cet intrus, cause d'un si
effroyable désordre. Le diable qui commandait en chef
le poste placé dans la tour la plus voisine prit des in-
formations, courut à la loge du portier, qui, toujours
enfermé dans sa huche, où le sceau de Salomon le tenait cloué jusqu'à la fin des temps, conta piteusement
son histoire. On courut sur les traces de Pierrot, et
l'on arriva juste au moment où il retirait en dedans la
clef de la tour, fermait la porte et montait à l'appartement qu'occupaient Rosine et sa mère. Les diables
essayèrent d'enfoncer la porte, mais inutilement. Elle
était faite d'un métal choisi par Satan lui-même, et dont
la solidité était aussi supérieure à celle du diamant
que celle du diamant est supérieure à celle du verre
de vitre. Restait la serrure, mais les esprits infernaux
qui montaient la garde n'étaient que de pauvres diables,
peu versés dans les sciences, et qui ne connaissaient
rien au secret magique dont elle était fermée. Il fallut
attendre l'arrivée de Belzébuth, qui justement, devant
dîner en grande compagnie ce jour-là, était allé à la

chasse pour gagner de l'appétit. Ce fut la première
nouvelle dont on salua son arrivée.

— Bon ! dit-il en se frottant la barbe avec un air de
satisfaction, l'ennemi est dans la place, il n'en sortira
pas. Je le tiens enfin, ce fameux Pierrot qui me brave,
ce protégé de la fée Aurore, ma mortelle ennemie.
Laissez-le en paix, ajouta-t-il, jusqu'à demain matin.
Seulement, faites bonne garde : s'il s'échappe, vous
aurez chacun trois cents coups de fouet. A demain les
affaires sérieuses. Ce soir, dînons en paix.

En dix secondes Pierrot escalada les deux cents
marches au bout desquelles se trouvait le corridor
sombre qui conduisait à la chambre des deux prisonnières. Il frappa précitamment à la porte. Elles crurent
entendre un de leurs gardiens et se jetèrent dans les
bras l'une de l'autre en frémissant.

— C'est moi, Pierrot, votre ami Pierrot.

A cette voix si connue, elles coururent à la porte,
et, dans le premier transport de leur joie, je dois tout
dire, elles l'embrassèrent tendrement, comme un vieil
ami ; mais cette joie se changea bientôt en tristesse.

— Quel malheur ! dit la mère, de vous voir ici prisonnier ! Nous ne comptions que sur vous et sur la
bonne fée Aurore.

— Moi, prisonnier ? dit Pierrot. Ah ! si je l'étais,
madame, près de vous combien la prison serait douce !
(Il parlait à la mère, et ses yeux étaient tournés vers
Rosine qui baissait les siens en rougissant). Mais je ne

le suis pas. Je viens ici de ma propre volonté et pour vous délivrer.

En même temps il leur raconta par quelle ruse il était arrivé jusqu'à elles, et il leur parla de sa campagne contre les Tartares. Ce fut un long récit, mêlé de protestations d'amitié, de dévouement, de fidélité à toute épreuve. Il montra à Rosine l'anneau constellé qu'il portait au doigt, et lui raconta dans quelles circonstances la fée le lui avait donné. Enfin, je ne sais s'il était éloquent, ni à quelle école il avait appris tout ce qu'il disait, mais depuis trois heures de l'après-midi jusqu'à trois heures du matin dura son discours, et après douze heures de conversation il ne s'ennuyait point de parler, ni les prisonnières de l'écouter.

Cependant, quand trois heures sonnèrent, la mère fit signe à Pierrot qu'il était temps de se retirer, et le pauvre Pierrot monta à l'étage supérieur; mais il ne put dormir, et, se levant, il monta sur la plate-forme de la tour et se mit à contempler les étoiles.

Toute la voûte du ciel était constellée, et Pierrot se livra à de profondes méditations. Au fond, malgré son inébranlable courage, il n'était pas rassuré sur le succès de son expédition.

— Je me suis mis dans la gueule du loup, pensa-t-il, il s'agit de m'en tirer.

Comme il réfléchissait à la situation, il aperçut en face de lui l'un des esprits infernaux qui étaient en sentinelle sur la muraille extérieure du château. Ce démon, qui était d'une taille gigantesque, le regardait d'un air moqueur.

— Pierrot fait le chevalier, dit-il; Pierrot protége les dames persécutées ; Pierrot se fait prendre ; Pierrot sera pendu.

— Peut-être, dit Pierrot ; mais auparavant il te coupera les oreilles.

— Les oreilles! à moi! dit le démon furieux.

Il allongea brusquement sa lance, qui avait plus de trois cents pieds de long, et voulut en percer Pierrot; mais celui-ci, qui était sur ses gardes, saisit la hampe de la lance près du fer et la tira brusquement à lui. Du côté de l'intérieur du château, le rempart n'avait pas de parapet. Le pauvre démon suivit malgré lui sa lance jusqu'à moitié chemin, et là, lâcha prise. Il tomba sur le pavé de la cour et se brisa les reins. A ses cris effroyables, ses camarades accoururent, le chargèrent sur une civière et le portèrent à l'hôpital.

Ici l'on me demandera peut-être comment il se fait que les démons, qui sont de purs esprits, ont pu recevoir ou donner des coups de sabre, de lance ou de tout autre instrument tranchant ou contondant. Je vous avoue, mes enfants, que cette question m'a fort embarrassé pendant longtemps, jusqu'à ce que le vieil Alcofribas, qui est vraiment un puits de sagesse, m'ait donné l'explication suivante qu'il tenait lui-même du vieux Milton.

« Les coups que reçoivent les démons, dit-il, ne

peuvent jamais être des coups mortels, parce que les
démons ne meurent pas ; mais ils produisent tous les
effets de la mort civile : on enlève les blessés, on les
porte à l'hôpital ; ils sont hors de combat et ne peuvent
plus nuire à leurs adversaires. »

Pierrot demeura sur la plate-forme jusqu'à ce que le
ciel, blanchissant, lui annonçât le lever du soleil ; il fit
sa prière à Dieu, se recommanda à la fée Aurore, et
attendit tranquillement, sans crainte ni impatience,
l'attaque dont il était menacé. De leur côté, Rosine et
sa mère n'avaient pu dormir. Dès que le soleil fut levé,
elles allèrent rejoindre Pierrot et lui faire leurs adieux.
C'était une scène déchirante, et je vous souhaite, mes
amis, de n'en voir jamais de pareille. Pierrot les obligea
enfin de redescendre ; il craignait pour elles l'émotion
trop violente du combat qui se préparait.

Vers huit heures du matin, Belzébuth se leva, encore
fatigué de l'orgie de la veille, car il avait passé la nuit
presque entière à boire avec ses officiers. Il ceignit
son cimeterre, s'arma de pied en cap, et donna enfin
le signal de l'attaque.

Les démons étaient réunis dans la cour intérieure
du château et sous les armes. L'avant-garde était armée de pics, de pioches et de haches pour enfoncer la
porte. Au signal de Belzébuth, six des plus braves s'a-
vancèrent et frappèrent la porte à coups redoublés.
Belzébuth avait prononcé les paroles magiques qui la
retenaient sur ses gonds. Elle vola en éclats, et les as-

saillants purent voir derrière ses débris Pierrot armé d'une masse d'armes qu'il avait trouvée abandonnée dans la tour. L'un d'eux s'avança résolûment; mais Pierrot abaissa sa masse et l'assomma d'un seul coup. Le coup fut si violent, que le malheureux démon en fut aplati, et que sa tête rentra dans son cou, son cou dans sa poitrine, et sa poitrine dans son ventre.

A cet aspect, les plus fiers reculèrent. Le second voulut prendre la place de son camarade, mais Pierrot, d'un revers, lui écrasa la cervelle contre le mur. En ce moment, il était armé de la force divine avec laquelle l'archange Michel terrassa Satan. Un pied sur le seuil de la porte, l'autre appuyé sur la première marche de l'escalier de la tour, superbe, les yeux étincelants de courage et de colère, les narines gonflées et frémissantes, il effrayait les plus braves.

— Quoi! dit Belzébuth, un homme seul pourrait nous arrêter!

Et il fit un pas vers Pierrot.

— O ma marraine! s'écria alors Pierrot, venez me voir vaincre ou mourir.

A ces mots, il porta à Belzébuth un coup si épouvantable, que si la tête de celui-ci n'eût pas été garantie par un casque à l'épreuve de tout, excepté de la foudre du Très-Haut, il eût été réduit en poussière. Malgré le casque, il roula tout étourdi dans la poussière. Ses soldats reculèrent épouvantés. La pauvre Rosine, qui de sa fenêtre regardait cet effrayant combat, battit des

mains et applaudit au courage de Pierrot. Celui-ci,
transporté de joie et d'orgueil, s'élança hors de la
tour, renversa à ses pieds une dizaine d'ennemis, se
pencha sur Belzébuth, lui arracha son cimeterre, et
voulut lui couper la tête.

Au même moment, Belzébuth revenait à lui. Il se
pelotonna sur lui-même, et, roulant comme une boule,
il échappa au coup que Pierrot lui destinait.

L'ennemi était en fuite. Pierrot rendit grâces au ciel,
referma la porte de la tour, la scella avec l'anneau
magique de Salomon, et, tranquille désormais de ce
côté, remonta sur la plate-forme. Mais le danger n'était
point passé; il n'avait que changé de forme.

« Qu'est-ce que nos combats d'homme à homme, dit
très-bien Alcofribas en cet endroit, en comparaison
de cette lutte sublime d'un seul homme contre les démons. Chez nous, cent mille hommes, tambours bat-
tant, enseignes déployées, marchent en ligne contre
cent mille hommes. On se bat pendant quelques heures,
et, de quelque côté que soit la victoire, le vainqueur
fait panser les blessés et traite les prisonniers avec
humanité : l'homme a affaire à l'homme. Le malheureux Pierrot se voyait seul, abandonné, contre tout
l'enfer réuni. S'il tombait entre les mains de ses ennemis, il savait quelles tortures lui étaient destinées.
Rien ne pourrait fléchir Belzébuth, l'éternel ennemi de
sa race. Il le savait, et il ne trembla pas, il ne recula
pas. Quand la terre et l'enfer eussent été ligués contre

lui, seul il eût fait face à tout. Son courage croissait avec le danger; il ne sentait plus ni la peur, ni les défaillances des autres hommes. Celui qui défend la justice, pensait-il, est invincible. Armé d'une conscience pure, il allait au combat. Quel que fût l'ennemi, il était sûr de vaincre. »

O mes amis! retenez bien ces paroles du vieil Alcofribas. Quel que soit l'ennemi, si votre cause est juste, avancez et frappez : la victoire est à vous.

Peut-être croyez-vous que Pierrot était inquiet ou malheureux dans une lutte si inégale contre toutes les puissances de l'enfer? Vous vous trompez. Pierrot était le plus heureux des hommes. Il jouissait du bonheur infini de donner sa vie pour ce qu'il aimait par-dessus toutes choses : verser son sang pour Rosine, et sous ses yeux, était un bonheur supérieur à tout ce qu'il avait rêvé. Heureux celui qui meurt pour ce qu'il aime! Son âme est animée d'un principe divin. Plus heureux encore celui à qui l'amour inspire des actions héroïques. Il est comme ces vases consacrés où le prêtre boit le sang de Dieu même, et que l'homme pieux honore parce qu'ils ont retenu quelque chose du passage de la Divinité.

II

Le combat à l'entrée de la tour n'avait duré au plus que dix minutes. C'était plutôt une escarmouche qu'une bataille décisive. Pierrot le sentit bien, et, sans s'arrêter à recevoir les félicitations de Rosine et de sa mère, il attendit en silence et les bras croisés un nouvel assaut.

Les diables allèrent chercher des échelles qu'ils appuyèrent contre le mur de la tour, et commencèrent à monter. Là, il ne s'agissait plus, comme avec les Tartares, de renverser l'assaillant dans le fossé, car les échelles, douées par Belzébuth lui-même d'un pouvoir magique, s'incrustaient dans le mur de manière à ne pouvoir en être séparées. Jusque-là les diables avaient combattu Pierrot à armes égales. Le pouvoir dont la fée Aurore avait investi son filleul le mettait à l'abri de tous les enchantements. Sans cette précaution, dès son entrée dans le château, le pauvre Pierrot, malgré son courage et sa présence d'esprit, eût été victime des esprits infernaux.

Cependant, quoique les diables n'eussent sur lui que l'avantage du nombre et non celui d'une puissance magique supérieure à toutes les forces humaines, Pierrot, en les voyant grimper aux échelles, fut saisi d'un désespoir sublime.

— Grand Dieu, s'écria-t-il, si telle est ta volonté sainte, laisse-moi périr, mais sauve Rosine et sa mère!

Tout à coup il reconnut le doux parfum que la fée Aurore répandait partout autour d'elle.

— Est-ce ainsi que tu perds courage? lui dit-elle.

Frappe, je suis avec toi. A ces mots parut sur la muraille Astaroth, le lieutenant de Belzébuth. Il poussa un long cri de joie et de triomphe.

— Courage, amis, Pierrot est à nous!

Comme il finissait de parler, et se dressait debout sur la plate-forme, Pierrot le frappa de sa masse d'armes dans la poitrine, et le précipita dans la cour. Il eut le crâne fracassé, et sa mort rendit quelque temps ses camarades indécis. Notre héros profita de cette hésitation pour frapper sans relâche les plus avancés. Ses coups tombaient sur leurs têtes comme la grêle sur les toits, et chacun d'eux froissait une cervelle, ou un bras, ou une jambe. Les morts et les mourants jonchaient le pavé de la cour.

Pendant tout ce carnage, la pauvre Rosine élevait vers le ciel ses innocentes prières.

— O Dieu! disait-elle, sauvez celui qui se dévoue pour moi.

Son cœur battait de frayeur et de joie à chaque coup que frappait l'invincible Pierrot. Quel homme que celui qui osait la disputer à l'enfer même !

Enfin, les démons se lassèrent de fournir à Pierrot de nouvelles victimes.

— Amis, dit Belzébuth, ne nous consumons pas en efforts inutiles. Nous n'avons pas encore usé de toutes nos armes. La plus terrible nous reste. Brûlons Pierrot dans sa tour.

Aussitôt tous les diables entassèrent du bois et des

fascines, et y mirent le feu. De leurs bouches sortaient des flammes, ces flammes dont ils seront dévorés dans l'éternité. Elles environnèrent la tour et montèrent bientôt jusqu'au sommet. Cette fois tout était fini. Le courage de Pierrot ne pouvait plus lui servir de rien.

Pardonnez-moi, mes amis, de le laisser dans un péril si cruel, mais il faut que je vous dise ce qui était arrivé à l'armée chinoise depuis qu'elle obéissait aux ordres du prince Horribilis. Mon cœur souffre de laisser Pierrot en danger de mort, mais Alcofribas veut que je vous parle des Chinois et des Tartares, et je suis forcé d'obéir.

SIXIÈME AVENTURE DE PIERROT

OU HORRIBILIS APPREND QU'IL Y A DE GRANDS CAPITAINES QUI NE SONT PAS PRINCES, ET DES PRINCES QUI NE SONT PAS DE GRANDS CAPITAINES. — FIN DE L'HISTOIRE DE PIERROT.

Vous avez sans doute entendu parler de la célèbre ville de Kraktaktah. Au surplus, si vous ne la connaissez pas, vous la chercherez sur la carte des îles Inconnues, que fit publier le sage Alcofribas pour servir de guide à l'histoire de Pierrot. C'est la plus belle et la plus célèbre de toutes les villes de l'Asie. Elle est composée de sept enceintes concentriques et parfaitement circulaires, dont voici à peu près le plan :

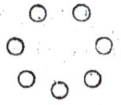

Au centre était le palais de Kabardantès, empereur
des îles Inconnues, dont Kraktaktah était la capitale.
Autour du palais étaient rangés, dans un ordre parfait,
une suite de hangars sous lesquels on abritait les chevaux pendant la nuit. Au-dessus de chaque hangar
était une chambre où logeait pêle-mêle et couchait sur
la paille toute la famille du propriétaire. Vous enten-
dez bien, mes enfants, que le mobilier était assorti au
logement. Ce mobilier se composait d'une botte de
paille pour chaque membre de la famille, et d'une
grande marmite dans laquelle se faisait et se mangeait
avec les doigts la soupe commune. Les cuillers et les
fourchettes, dit le vieil Alcofribas, sont bonnes pour
des gens délicats et désœuvrés, mais un homme ne doit
se servir que de ses mains; quand il a dîné, il les
essuie à sa barbe, ou, s'il n'en a pas, à celle de son
voisin. Chacun portant ainsi en tout temps sa serviette
avec soi, il n'est plus besoin de tant de linge et de tous
les bagages dont on s'encombre aujourd'hui dès qu'on
veut aller en voyage.

Qu'Alcofribas ait raison suivant sa coutume, ou qu'il
ait seulement le désir de blâmer la mollesse de ses
contemporains, peu importe. Cette description de la
capitale de l'empire des îles Inconnues n'est pas un
hors-d'œuvre comme on en voit souvent dans les ou-
vrages de gens qui cherchent à plaire à leurs lecteurs
plutôt qu'à les instruire. Alcofribas, mes amis, n'était
pas de ce caractère. C'était un vieux magicien très-sa-

vant, très-austère, et qui se souciait de la vérité beaucoup plus que des hommes. Les hommes passent, disait-il, et au bout de quarante ans, les plus célèbres sont oubliés; mais la vérité demeure, elle est immortelle comme Dieu même. D'après ce principe, il ne dit que ce qui peut contribuer à la découverte de la vérité; tout le reste lui est tout à fait indifférent.

Donc, un matin, comme les citoyens de Kraktaktah, après avoir déjeuné et pansé les chevaux, causaient ensemble de la guerre et des affaires publiques, on entendit un grand bruit dans la plaine, et la sentinelle qui veillait sur le palais de Kabardantès, et qui dominait de là tout le pays, s'écria : Voilà nos gens qui reviennent. En même temps, on distinguait le galop des chevaux; tout le monde courut sur les remparts.

On fut un peu étonné de les voir revenir si vite. Comme on s'attendait à ce qu'ils ramèneraient un immense butin, la Chine étant le plus riche et le plus fertile pays du monde, on remarqua que non-seulement ils revenaient seuls, mais encore qu'ils avaient eux-mêmes perdu leurs bagages, et l'on devina la triste vérité. Enfin, chaque soldat ayant défilé à son tour, on vit avec épouvante que les trois quarts manquaient à l'appel, et que ceux qui survivaient étaient en fort mauvais état. Aussitôt il s'éleva, parmi les femmes qui attendaient leurs maris ou leurs fils, un tel concert de lamentations et de cris, qu'on ne pouvait s'entendre. Kabardantès, assourdi de ce tapage, et furieux d'ail-

leurs de sa défaite, déclara qu'il couperait le cou sur-
le-champ à tous ceux qui ne garderaient pas un silence
absolu.

En entendant cet ordre si sage, les femmes devinrent
muettes comme des poissons.

Cependant l'armée chinoise approchait sous la conduite d'Horribilis. Celui-ci, persuadé que la poursuite
était sans danger, vint camper sous les murs de Kraktaktah. La campagne était déserte. Moissons, troupeaux, chevaux, tout ce qui sert à la subsistance de
l'homme était rentré dans les murs de la ville. Horribilis, satisfait de l'épouvante que son nom répandait
partout, envoya sommer la place de se rendre.

A cette sommation insolente, Kabardantès saisit l'envoyé chinois par les deux oreilles, l'enleva de terre, et
le tenant dans ses mains, lui dit sans vouloir le lâ-
cher :

— Va dire à ton maître que je l'appelle en combat
singulier.

— J'y vais, dit le Chinois faisant un effort pour se
dégager et retomber à terre.

— Attends donc, tu es bien pressé... Dans quels
termes lui diras-tu cela?

— Seigneur, au nom du ciel ! lâchez-moi; je vais
vous satisfaire.

— Non, non. Dis-moi auparavant comment tu vas
rédiger mon cartel.

— Seigneur, je vous supplie...

42

— Parleras-tu, triple buse? Crois-tu que le grand Kabardantès s'exprime comme le premier *pékin* venu?

— Seigneur, je ne le crois pas, mais...

— Songe que j'ai fait de bonnes études aux écoles de Kraktaktah.

— Seigneur, je le vois bien, mais...

— Et que j'ai eu pour maître le seigneur Poukpikpof, qui ne le cédait en rien à Aristote.

— Seigneur...

— Ni dans les lettres,

— Seigneur...

— Ni dans les sciences,

— Seigneur...

— Ni dans l'histoire naturelle,

— Seigneur...

— Ni dans la physique, la botanique, la dialectique et l'hyperphysique.

— Majesté...

— Et que j'ai bien profité de ses leçons.

— Grand empereur...

— Eh bien, voyons, rédige-moi un peu ce cartel pour que je sache comment tu t'en tireras.

— Grand empereur, dit le Chinois bleuissant de rage et de douleur, le moment n'est pas favorable, daignez me laisser retomber à terre.

— En effet, dit Kabardantès, tes oreilles tiennent à mes mains plus qu'à ta tête.

A ces mots, le Chinois retomba lourdement à terre.

Ses oreilles étaient restées aux mains de Kabardantès. Il se releva à moitié mort, et essaya de s'enfuir; mais le Tartare le retint :

— Rédige, lui dit-il.

— Seigneur, dit le Chinois tremblant, je vais vous obéir. Daignez me faire donner un peu d'eau fraîche pour baigner ma blessure.

— En effet, mon pauvre ami, comme te voilà saignant.

Et il ordonna d'aller chercher du vinaigre, dont on épongea les oreilles du Chinois, ou plutôt là place où elles avaient été. Le malheureux poussait des cris affreux, mais il fut forcé de subir cette opération.

— Maintenant, dit Kabardantès, as-tu l'esprit bien présent et la pleine possession de tes facultés?

— Assurément, seigneur, s'écria le Chinois redoutant quelque mystification nouvelle.

— Eh bien, écris : « Chien de Pierrot... » Qu'as-tu à me regarder comme un imbécile?

— Majesté, dit le Chinois, Pierrot n'est plus à l'armée.

— Vraiment!

— Oui, Majesté.

— Et depuis quand?

— Depuis le jour de votre...

Ici le Chinois hésita et parut chercher l'expression.

— De ma fuite?

— Non, seigneur, de votre concentration précipi-
tée du côté de Kraktaktah.

— Est-ce qu'il est mort?

— Non, il a été destitué.

— Pierrot destitué! Qui le remplace?

— Le prince Horribilis, sire.

— Ah! bravo! dit Kabardantès. Je n'ai que faire de
tes services à présent. Va, pars, cours, vole.

Et se tournant vers les principaux officiers :

— Amis, à cheval. Pierrot est parti. La journée sera
bonne.

Une heure après, toute l'armée tartare sortit des
murs de Kraktaktah, et se précipita dans le camp des
Chinois. Ceux-ci ne s'attendaient à rien moins. La
plupart étaient à dîner; d'autres étaient au fourrage
ou brûlaient les villages tartares dans la campagne.
Au premier cri des sentinelles et des gardes avancées,
tout le monde courut aux armes, et vit avec terreur
s'avancer au galop l'effroyable Kabardantès.

Les Chinois n'hésitèrent pas, et reprirent sans tar-
der le chemin de la grande muraille. Les plus affamés
ne se donnèrent pas le temps d'emporter des provisions pour la route; quant aux autres, ils étaient déjà
loin.

Figurez-vous, mes amis, huit cent mille Chinois
courant à la fois dans la plaine, tous dans la même
direction. Ceux qui étaient à cheval formaient l'avant-
garde comme il est naturel. A leur tête galopait, ou

plutôt volait le prince Horribilis. Les pieds de son cheval touchaient à peine la terre; quant à lui, il maudissait sa mauvaise étoile, et la sotte idée qu'il avait eue de venir à la guerre et de faire destituer Pierrot. De temps en temps il pensait à Kabardantès.

— Quel enragé Tartare! pensait-il; voilà trois jours que nous galopons après lui, il rentre dans sa maison, et au lieu d'embrasser, comme un bon mari et comme un bon père, sa femme et ses enfants, le voilà qui remonte à cheval et qui court après nous! Est-ce du bon sens? est-ce de la logique? S'il voulait entrer en Chine, pourquoi s'enfuyait-il vers Kraktaktah? Et s'il voulait rentrer à Kraktaktah, pourquoi galope-t-il maintenant du côté de la Chine?

Tout en faisant ces sages réflexions et beaucoup d'autres que je passe sous silence, parce qu'elles ne lui ont guère profité et qu'elles ne l'ont rendu ni plus prudent, ni plus habile, ni plus brave, ni meilleur, ni plus disposé à reconnaître et à récompenser le mérite des autres hommes, il éperonnait toujours son cheval. A une assez grande distance derrière lui, mais avec une ardeur toute pareille, courait tout son état-major, suivi de près par la foule des martyrs. Les lances des Tartares piquaient ce troupeau de fuyards et leur donnaient des ailes. Enfin le soleil se coucha, et les malheureux Chinois, protégés par les ombres de la nuit, purent prendre un peu de repos.

Le premier jour, plus de cent mille Chinois périrent

12.

ou furent fait prisonniers. Le lendemain, la poursuite continua. Cent cinquante mille Chinois restèrent encore en route. Le troisième jour, les débris de l'armée arrivèrent à la grande muraille et se cachèrent derrière les remparts qu'avait défendus Pierrot. Kabardantès, animé par le succès, voulut sur-le-champ escalader la muraille; mais la plupart des Tartares, épuisés par une course continuelle, refusèrent de le suivre et remirent l'attaque au lendemain.

Il y a un proverbe qui dit : « Ne remettez jamais à demain ce que vous pouvez faire aujourd'hui. » Jamais proverbe ne fut mieux appliqué qu'en cette occasion.

Horribilis, désespéré, faisait chercher partout Pierrot pour lui rendre le commandement. Dans les grands dangers, les âmes courageuses reprennent naturellement le pouvoir. La jalousie et la haine avaient fait place à la peur. Le malheureux Horribilis ne voyait de salut qu'en Pierrot.

— Où est-il? disait-il à Tristemplète. Dis-le-moi, toi qui es sorcier.

— Je n'ai pas besoin d'être sorcier pour le deviner, répondit Tristemplète avec un affreux sourir. En quittant la cour du roi votre père, il est allé délivrer sa fiancée.

— Eh bien, envoie sur-le-champ un exprès pour le rappeler et lui dire que je remets tout en ses mains, et que s'il n'arrive à l'instant, je suis perdu, l'armée est perdue, toute la Chine est perdue.

Aussitôt le magicien siffla aux quatre vents de l'horizon.

Quatre esprits infernaux accoururent à ce signal.

— Qu'on me transporte à la cour du roi Vantripan, dit-il.

Une seconde après, il était au pied du grand escalier. En entrant dans la salle, il aperçut Vantripan assis sur son trône, la couronne en tête, les yeux rayonnant de bonheur et de fierté. Il donnait audience aux envoyés du schah de Perse.

— Oui, messieurs, disait-il en se rengorgeant, la terreur de mon nom et la valeur du prince Horribilis ont mis en fuite tous ces Tartares. Mon fils m'écrit qu'il marche sur leur capitale, Kraktaktah, et qu'il n'en fera qu'une bouchée.

— Majesté, dit l'envoyé du schah, nous vous félicitons de ce succès et des exploits du prince Horribilis. Il paraît qu'il a été vaillamment secondé par tous ses officiers, et surtout par le grand connétable.

— Qui? Pierrot? interrompit dédaigneusement le roi. Vous aurez lu cela dans les gazettes. Ces gazettes, voyez-vous, c'est un tas de mensonges. Tromper, mentir, prêcher le faux pour savoir le vrai, c'est le métier de ces gens-là, c'est de cela qu'ils vivent. Horribilis secondé par Pierrot! Ah! ah! ah!

Et il se renversa sur son fauteuil en riant aux éclats.

— Majesté, dit le chef des huissiers, voici un courrier du prince Horribilis.

— Fais entrer. Tenez, messieurs, ajouta-t-il, je ne m'y attendais guère, puisque j'ai reçu de ses nouvelles hier. Pierrot a quitté l'armée depuis six jours. Ce n'est donc pas à lui qu'on pourra attribuer le mérite des nouvelles que je vais recevoir.

Tristemplète s'avança d'un air modeste.

— Eh bien! dit Vantripan, où sont tes dépêches?

— Sire, j'ai ordre du prince Horribilis de ne parler qu'à vous seul.

— A moi seul? Pourquoi tant de mystère? Parle devant tous. Il n'y a personne de trop ici.

—Sire, dit Tristemplète, puisque vous le voulez, je parlerai. Après le départ du grand connétable, le prince Horribilis a poursuivi l'ennemi jusqu'aux portes de Kraktaktah.

— Qu'est-ce que je vous disais, messieurs? interrompit le gros Vantripan.

— Tout à coup, continua Tristemplète, Kabardantès et ses soldats ont tourné bride et se sont précipités sur nous avec fureur en apprenant le départ du grand connétable.

— Diable! diable! dit Vantripan pensif. Et vous les avez étrillés, j'imagine?

— Sire, c'est ce qui n'aurait pas manqué d'arriver, si les ordres du prince Horribilis avaient été mieux compris et mieux exécutés.

— Quels ordres ?

— A la vue de Kabardantès et de ses Tartares qui se précipitaient sur nous au galop, le prince a crié : « En avant ! » Malheureusement, comme, je ne sais pour quelle raison, il était tourné du côté de la Chine au moment où il a donné cet ordre, on a cru qu'il voulait dire : « En avant ! retournons en Chine. » Tout le monde s'est précipité de ce côté-là, et le prince, entraîné et poussé par le courant, est arrivé le premier à la grande muraille, où il attend vos ordres souverains.

— Mes ordres souverains, dit le gros Vantripan, sont qu'il aille se faire pendre. Combien d'hommes a-t-il perdus ?

— Sire, cent mille le premier jour, cent cinquante mille le second, et deux cent mille le troisième.

— En tout, quatre cent cinquante mille hommes. Voilà trois jours bien employés ! Quelle activité ! C'était bien la peine de faire destituer ce pauvre Pierrot. Nous allons chanter la chanson :

> Mardi, mercredi, jeudi,
> Sont trois jours de la semaine.
> Je m'assemblai le mardi,
> Mercredi je fus en plaine;
> Je fus battu le jeudi.

Ah ! mon Dieu ! comment faire ? Maudit Horribilis ! qu'allait-il faire chez les Tartares ?

— Majesté, il ne pouvait prévoir ce qui est arrivé.

— Horribilis est un sot.

— Sire, le respect ne me permet pas de vous contredire.

— Il s'agit bien de respect. Donne-moi un conseil. Vous tous qui êtes ici la bouche ouverte comme des carpes hors de l'eau, donnez-moi des conseils.

— Sire, c'est bien facile, dit un courtisan : mettez-vous à la tête de l'armée. Votre présence électrisera les Chinois, et...

— Va te faire électriser toi-même, interrompit le bon roi.

— Sire, dit un autre, faites faire un recensement général de tous les hommes en état de porter les armes.

— Oui, et pendant qu'on les recensera, nous serons dans la poêle à frire. Imbécile, va!

— Sire, dit un troisième, faites semer des chausse-trapes sur toutes les routes pour arrêter la cavalerie tartare.

— Bon! et elle passera à travers champs, et nos chevaux se prendront dans les chausse-trapes. Triple butor!

— Majesté, dit un quatrième, si l'on substituait des piéges à loups aux chausse-trapes?

— Grand innocent! dit le roi.

— Sire, dit un cinquième, si l'on empoisonnait toutes les fontaines?

— Qu'est-ce que nous boirons? dit Vantripan. Il
serait plus court, je crois, de leur couper franchement le cou.

Chacun proposa son moyen.

— Vous êtes tous des ânes, dit enfin Vantripan. Et
toi, ajouta-t-il, s'adressant à Tristemplète, qu'est-ce
que tu proposes?

— Sire, rappelez Pierrot.

— Ah! voilà un véritable ami et une personne de
bon sens, dit Vantripan. Mais où est Pierrot?

— Sire, il est parti.

— Bon! nouveau malheur! Que le diable vous em-
porte tous!

— Sire, dit modestement Tristemplète, si Votre
Majesté veut me donner ses pleins pouvoirs, je me fais
fort de vous le ramener.

— Tu les as, dit Vantripan.

Le lendemain matin, Tristemplète arriva au château
de Belzébuth fort à propos pour notre pauvre ami, que
les flammes environnaient de toutes parts avec sa
fiancée.

La pauvre Rosine et sa mère se croyaient à leur
dernier jour et recommandaient leurs âmes à Dieu.
Pierrot lui-même, inaccessible à la crainte, mais déses-
pérant de les sauver, voulait périr avec elles. Les
diables criaient et applaudissaient en entretenant le
feu avec toutes sortes de matières inflammables prises

dans les magasins de l'enfer. Sur ces entrefaites, Tristemplète entra dans la cour.

— Où est Belzébuth? dit-il en descendant de cheval.

— Me voilà! dit Belzébuth encore tout froissé de sa
chute. Que me veut-on?

A la vue de Tristemplète, il se jeta dans ses bras.

— Eh! bonjour, ami, qu'il y a de temps que je ne
t'ai vu! dit-il.

— Oui, mes affaires...

— C'est bon, c'est bon, je les connais, tes affaires.
Quand viendras-tu définitivement parmi nous?

— Le plus tard possible, dit Tristemplète en faisant
la grimace.

— Tu fais le dégoûté? dit Belzébuth. Franchement
tu as tort : l'enfer n'est pas ce que tu crois; il y a de
bons diables parmi nous, et nous menons joyeuse vie.
Quand veux-tu que j'aille te chercher?

— Nous parlerons de cela plus tard, dit Tristemplète. Je viens ici pour affaire sérieuse. Où est Pierrot?

— Regarde! il va griller. Tu vois comme nous avons
exécuté tes ordres!

— Malheureux! s'écria Tristemplète, fais éteindre
le feu à l'instant!

— Ah bah! et pourquoi?

— Éteins le feu, te dis-je, l'explication viendra plus
tard.

— Je ne veux pas, dit fièrement Belzébuth : il m'a

rossé, il a tué ou blessé plus de soixante de mes soldats; je n'ai dû la vie qu'à mon casque, dont la trempe est au-dessus de toutes les trempes connues. Il périra.

— Il vivra, dit Tristemplète.

— Il périra !

— Il vivra ! !

— Il périra ! ! !

A ces mots, les deux amis allaient se précipiter l'un sur l'autre.

— Au nom d'Éblis, le roi des esprits infernaux et le rival de Salomon; au nom de la puissance que tu auras sur moi après ma mort; au nom de cet anneau magique qui peut redoubler dans tes os le feu de l'éternelle destruction, obéis, Belzébuth; éteins ces flammes.

Belzébuth, vaincu, souffla en grognant sur la flamme et se retira à l'écart comme un chien à qui l'on vient d'enlever un os.

— Et toi, cria Tristemplète à Pierrot, descends et ne crains rien.

— Puis-je me fier à lui? dit Pierrot à la fée Aurore.

— Tu le peux, dit-elle, il a besoin de toi.

— Je ne descendrai pas seul, dit Pierrot, j'emmènerai avec moi ma fiancée et sa mère.

— Emmène-les si tu veux, dit Tristemplète.

Pierrot descendit triomphant en leur donnant la

13

main ; mais il ne voulut sortir du château que le dernier, de peur que, par une perfidie nouvelle, on fermât
la porte sur elles. Il traversa les rangs des diables la
tête haute, le regard ferme et assuré. Ses ennemis,
rangés sur deux lignes, ne purent s'empêcher d'admi-
rer son courage. Rosine disait dans son cœur : Que je
suis heureuse d'être aimée d'un pareil homme ! Et la
fée Aurore elle-même, qui fermait la marche, sourit
en montrant à Belzébuth son filleul :

— Tu n'as pu ni le vaincre ni l'effrayer, dit-elle.

Le farouche Belzébuth grinçait des dents en voyant
sa proie lui échapper. Un pouvoir plus fort que le sien
le forçait à l'obéissance ; car vous savez, mes amis, que
si le démon peut tenter l'homme et le conduire à sa
perte, l'homme, à son tour, par un privilége divin,
peut enchaîner et dompter le démon. C'est toute la
science des anciens magiciens, science aujourd'hui
presque oubliée, négligée du moins, à cause des incon-
vénients qu'elle aurait pour le repos public et pour la
sûreté des États, mais réelle et que cultivent encore
dans la solitude quelques sages ignorés. Un jour, peut-
être, il me sera permis de vous en dévoiler les arcanes ;
aujourd'hui, tirons le rideau. Ces mystères ne sont
pas faits pour être entendus par toutes les oreilles, ni
répétés par toutes les bouches. Sachez seulement que
cette science s'étend et pousse ses racines jusque dans
les entrailles de la terre, et qu'il n'y a pas un arbre,
un oiseau, un rocher, un serpent, une étoile qui ne

parle à l'esprit du philosophe et qui ne lui dévoile un des secrets de la nature.

I

Lorsque Pierrot et ses compagnons furent sortis du château de Belzébuth, le premier soin de Pierrot fut de demander à Tristemplète, qui les avait suivis, où il voulait le conduire.

— A la cour du roi, dit Tristemplète; et il lui apprit ce que vous savez déjà, et le besoin qu'on avait de ses services.

— Cela m'est fort égal, dit Pierrot. J'ai mieux à faire que de me battre pour un roi ingrat et pour son scélérat de fils. Horribilis a voulu prendre ma place, qu'il la garde, et, s'il doit périr, qu'il périsse; ce ne sera qu'un méchant homme de moins.

— Pierrot, dit la fée Aurore, n'as-tu pas d'autre raison?

— Ma vraie raison, dit Pierrot embarrassé, c'est que je ne veux plus me séparer de Rosine. J'ai trop souffert de son éloignement et de ses dangers. Je veux que désormais tout soit commun entre nous.

— Voilà une raison raisonnable, dit la fée; mais rassure-toi, je me charge de veiller sur elle et sur sa mère. Toi, va où l'honneur t'appelle.

— Mais... dit Pierrot.

— Partez, mon ami, lui dit Rosine avec un doux regard. Il faut sauver ces pauvres Chinois d'abord. Plus tard nous penserons à être heureux.

— Allons, puisqu'il le faut, dit en soupirant le pauvre Pierrot.

Et, prenant congé de sa fiancée, il partit avec le magicien. Quelques secondes plus tard, il était auprès de Vantripan.

Le pauvre roi était bien triste et bien malheureux. Sa fille dédaignée, son fils déshonoré par sa lâcheté, son armée taillée en pièces et son royaume envahi lui avaient ôté l'appétit. Quand Pierrot parut, il fut saisi de joie et de tendresse, et lui sauta au cou en pleurant. Pierrot, qui avait le cœur tendre, fut si ému de cet accueil qu'il se sentait lui-même envie de pleurer. Tous les courtisans, voyant le roi pleurer, se mirent à sangloter d'une façon pitoyable. La reine mit son mouchoir sur ses yeux, et la pauvre Bandoline, blessée au cœur par les dédains de Pierrot, saisit avec empressement une si belle occasion de fondre en larmes.

— Ah! mon pauvre ami, dit enfin Vantripan, qui sanglotait comme un veau qui a perdu sa mère, quelle joie de te revoir! Quand tu n'y es pas, tout va de travers. Tu sais ce qui est arrivé?

— Je le sais, dit Pierrot.

— Hélas! c'est ma faute, dit Vantripan. Avais-je besoin de donner le commandement à un benêt qui poursuit l'ennemi quand l'ennemi se sauve, et qui se sauve quand l'ennemi le poursuit? Enfin, te voilà, tout est réparé. Tu vas partir, tu reprendras le commandement, tu mettras en fuite les Tartares, tu couperas lé cou à Kabardantès, tu feras la conquête de Kraktaktah et de l'empire des îles Inconnues, et...

— Y a-t-il encore quelque chose à faire? dit Pierrot, souriant de cette confiance que Vantripan avait dans son courage et dans son habileté.

— Non, voilà tout, pour le moment.

— Partons, dit alors Pierrot, et il prit congé de Sa Majesté.

Comme il traversait un corridor pour sortir, une femme de chambre de la princesse Bandoline lui toucha le bras et fit signe de la suivre.

Ce message embarrassa fort Pierrot. Il n'aimait plus la princesse, et même, suivant l'usage en pareille occasion, il se souvenait à peine de l'avoir aimée; mais il était trop poli et trop délicat pour lui dire une pareille chose en face. Cela ne se dit pas à une simple paysanne, à plus forte raison à une grande princesse, dont le principal défaut était d'être assez vaine, ce qui est pardonnable à une fille de roi, et de ne pas plaire à Pierrot. Il suivit donc la femme de chambre à contre-cœur et arriva dans l'appartement de Bandoline.

Elle l'attendait, à demi couchée sur un canapé, et lui fit signe de s'asseoir à côté d'elle. Il hésitait un peu, pressé comme il l'était de partir et d'échapper à une corvée assez désagréable.

— Asseyez-vous, lui dit-elle tristement; ce que j'ai
à vous dire ne vous retiendra pas longtemps.

Il obéit.

— Pierrot, reprit-elle, d'où vient que vous ne m'aimez plus? Suis-je moins belle qu'autrefois?

— Vous êtes toujours la reine de Beauté, répondit
Pierrot en détournant les yeux.

— Vous ai-je fait du tort?

— Aucun, dit Pierrot.

— Ou parce que je suis fille de roi?

— Non, dit Pierrot.

— Est-ce parce que j'ai refusé autrefois de vous
épouser?

Le pauvre Pierrot était à la torture.

— On aime quand on peut, dit-il, et non pas quand
on veut.

Grande et triste vérité! La pauvre Bandoline rougit
et pâlit. Enfin, elle se leva et lui dit :

— Vous aimez une autre femme?

— Oui, dit Pierrot, que cet aveu embarrassait moins
que tout le reste.

— Elle est bien heureuse! dit Bandoline en soupirant. Qu'elle le soit, ajouta-t-elle, puisque le destin le
veut. Et vous, Pierrot, souvenez-vous que vous avez en
moi une amie sincère.

A ces mots elle lui tendit la main, que Pierrot baisa
avec respect, et se détourna pour lui cacher ses
larmes. Pierrot sortit tout troublé, et alla rejoindre

son nouvel ami Tristemplète. En un instant ils furent à cheval, et, dans le temps qu'une religieuse mettrait à dire : *Jesu, Maria,* ils se trouvèrent au camp des Chinois. Tristemplète ne voyageait jamais autrement.

Dès son arrivée, Pierrot entendit des cris affreux et comprit que le combat était engagé. Il y courut plein d'ardeur. Il était temps.

Toutes ces choses que je viens de vous conter si lon-guement, je veux dire le combat de Pierrot contre les diables dans le château de Belzébuth ; sa délivrance par Tristemplète ; l'audience de Vantripan ; l'entrevue avec Bandoline et le voyage au camp des Chinois, s'étaient, grâce aux moyens de transport de Tristemplète, pas-sées en moins de deux heures. Nous parlons beaucoup de nos chemins de fer, et nous sommes très-fiers de faire dix ou douze lieues à l'heure, tandis que nos pères se transportaient en un clin d'œil d'un bout de la Chine à l'autre, et vous saurez qu'entre ces deux bouts il n'y a pas moins de sept cents lieues. Nous sommes des enfants qui ont mis le pied dans les bottes de leur père, et qui, pour cela, se croient déjà des hommes. Que de progrès nous avons à faire avant de retrouver seulement la moitié des sciences qui étaient vulgaires au temps d'Abraham et des mages de l'an-tique Chaldée !

Nous avons laissé Horribilis et les Chinois fort en peine derrière leur grande muraille. Ils ne furent sau-vés d'une destruction complète que par la lassitude des Tartares, qui demandèrent un peu de repos à Kabardantès. Celui-ci, sûr du lendemain, l'accorda volontiers. Le matin, vers onze heures, après un bon déjeuner, il sortit de sa tente, et, sans s'amuser à faire un long discours à ses soldats, il leur montra la muraille :

— C'est là, dit-il, qu'il faut aller. Marchons avec confiance, Pierrot n'y est pas.

A ces mots, il partit le premier, et, donnant l'exemple à tous, dressa contre la muraille une immense échelle. Tous les Tartares le suivirent, et en quelques minutes parurent sur le parapet.

Horribilis, au lieu de s'occuper du salut de l'armée, n'avait pensé qu'au sien propre. Il faisait préparer des relais de chevaux frais pour lui et sa suite. Les généraux, laissés sans ordres et incapables de se tirer d'affaire eux-mêmes, songeaient aussi à la retraite ou plutôt à la fuite ; et le gros de l'armée, saisi d'une terreur panique, n'attendait que l'apparition du premier soldat tartare pour s'enfuir.

Lorsque Kabardantès, debout sur la muraille, poussa son cri de guerre et fondit sur eux, ce fut à qui tournerait le dos le premier. Ses Tartares se jetèrent sur les fuyards le sabre en main, en taillèrent, percèrent et en prirent plusieurs milliers. Le reste, tout en fuyant, poussait des cris affreux. C'est à ce moment que Pierrot arriva sur le champ de bataille.

Je ne sais si vous avez lu, mais, à coup sûr, vous

lirez un jour l'*Iliade*. Vous verrez comment l'invincible Achille, seul et sans armes, en poussant son cri de guerre, arrêta, aux portes du camp des Grecs, les Troyens victorieux. Le son de cette voix terrible porta l'épouvante dans l'âme d'Hector lui-même. Pierrot, qui dans son genre valait bien Achille et peut-être Roland, ne s'y prit pas autrement que ce fameux héros pour faire reculer les Tartares victorieux.

— En avant! cria-t-il d'une voix qui fut entendue des deux armées.

A cette voix si connue, les Chinois s'arrêtèrent sur-le-champ, et, voyant Pierrot, firent face à l'ennemi.

— En avant! cria une seconde fois Pierrot.

A ce second cri, les Chinois se jetèrent sur les Tartares, qui soutinrent le choc de pied ferme.

— En avant! cria une troisième fois Pierrot, et il se précipita dans les rangs des Tartares.

A cette vue, à ce cri, tous s'enfuirent. Kabardantès lui-même n'osa attendre son adversaire. Ils se précipitèrent du haut des murs dans les fossés, ils rompirent les échelles sous leur poids, et ne se crurent en sûreté (ceux du moins qui ne s'étaient en sautant rompu ni bras ni jambe) que lorsqu'ils eurent mis la grande muraille entre eux et Pierrot.

Celui-ci ne s'arrêta point à massacrer quelques traînards qui n'avaient pu rejoindre assez vite le gros de l'armée. Il rangea sur-le-champ les Chinois en bataille, et, poursuivant son succès, il fit ouvrir toutes les

portes des tours et se précipita avec les plus braves de
l'armée dans le camp des Tartares.

Ici le combat devint vraiment terrible. Les Tartares,
un peu remis de leur frayeur panique, se défendirent
avec courage. Kabardantès, entouré de ses gardes,
faisait de temps en temps une sortie, et, du poids de
sa masse d'armes, écrasait, renversait, mutilait tout
ce qui s'opposait à lui; mais, à la vue de Pierrot, il
rentra dans les rangs de sa garde, qui se serrait autour de lui. Enfin, Pierrot s'élança au milieu des Tartares, abattit à droite et à gauche une centaine de
têtes, comme un moissonneur avec sa faucille coupe
les épis mûrs, et se trouva face à face avec Kabardantès.

L'empereur des îles Inconnues était brave. Sa force
était colossale, et personne encore n'avait osé lui résister; mais à la vue de Pierrot, il pâlit, et se sentit
en présence de son maître. Ce n'est pas que Pierrot
fût à beaucoup près aussi robuste que lui : Kabardantès l'emportait par la taille et la force; mais il
y avait dans le cœur de Pierrot un courage si indomptable, et qui prenait sa source dans une âme si ferme
et si sûre d'elle-même, que ses yeux mêmes jetaient
des éclairs dans la bataille. Pas un homme n'en pouvait soutenir la vue. Il regarda Kabardantès, qui se
précipita sur lui tête baissée.

Pierrot l'attendit de pied ferme. La massue de Kabardantès allait tomber sur sa tête; d'un coup de sabre

il la coupa en deux morceaux. Le tronçon seul resta
dans la main du géant. A son tour, Pierrot frappa sur
la tête de son ennemi un coup si terrible que le casque
de Kabardantès fut coupé en deux parts qui tombèrent
à terre. Il redoubla, mais le crâne du géant était invulnérable; seulement, il fut étourdi de ces deux coups
si violents et étendit les bras en avant comme un
homme qui va tomber.

A cette vue, les deux armées s'arrêtèrent d'elles-
mêmes, attendant la fin du combat pour obéir au
vainqueur. O mes enfants, Dieu vous préserve d'assister à un pareil spectacle! Qu'il est imposant, mais
qu'il est terrible! La vie de deux hommes et le destin
de deux grands empires dépendaient en ce moment
d'un coup de sabre. Pierrot, ayant affaire à un ennemi
invulnérable, avait un grand désavantage; il le savait,
et ne se découragea point. Celui qui avait combattu,
sans pâlir, Belzébuth et toute la troupe des démons,
ne pouvait pas reculer devant un homme. Quand il vit
que son sabre ne pouvait rien contre la peau de Kabardantès, plus impénétrable que douze écailles d'un
crocodile, il chercha quelque arme nouvelle.

Si le géant eût été moins fort, Pierrot l'aurait
étouffé dans ses bras, mais il n'y fallait pas songer.
Il fit trois pas en arrière, et saisissant à deux mains
un rocher énorme, il voulut le lancer sur Kabardantès pour l'écraser en détail, puisqu'il ne pouvait le
blesser.

Au même moment, celui-ci revenait de son étourdissement; il comprit le dessein de Pierrot, et, tirant
son cimeterre, il s'élança sur lui. Ce cimeterre lui
avait été donné par sa mère, la sorcière Vautrika, et
sa lame, forgée par les esprits infernaux, était d'une
trempe si fine que rien ne pouvait lui résister. Il en
asséna un coup furieux sur Pierrot; celui-ci, agile
comme une hirondelle, évita le cimeterre qui retomba
sur le tronc d'un chêne gigantesque. Le chêne fut
coupé en deux avec la même précision qu'un poil de
barbe par le rasoir d'un barbier. Il tomba avec un
grand bruit et écrasa, dans sa chute, plus de cinquante
soldats des deux armées.

A cette vue, tout le monde s'écarta pour faire place
aux deux combattants.

Pierrot sentit que si le combat se prolongeait, son
adversaire, plus robuste, mieux armé et invulnérable,
finirait par le vaincre.

Il prit alors à deux mains le rocher dont nous avons
parlé, et le jeta de toute sa force dans la poitrine du
géant. Celui-ci chancela sur sa base et vomit des flots
de sang. En même temps, Pierrot remarqua une
chose singulière, c'est que le sang coulait non-seulement de ses lèvres, mais de sa poitrine.

Il en conclut qu'à cet endroit Kabardantès n'était pas
invulnérable, et prit son parti sur-le-champ.

Il arracha des mains d'un Tartare stupéfait, une
longue lance, et l'enfonça dans le creux de la poitrine

du géant. La lance pénétra jusqu'au cœur, et Kabardantès tomba mort.

Tous les spectateurs, qui jusque-là, dans les deux armées, avaient tressailli de crainte et d'espérance, commencèrent à respirer : quel que fût le vainqueur, on sentait bien que sa victoire décidait de tout. Je n'oserais dire si la mort de Kabardantès excita de grands regrets chez les Tartares; ce qui est certain, c'est que les Chinois poussèrent un long cri de joie en voyant leur ennemi à terre.

— Victoire et longue vie à Pierrot! s'écrièrent-ils de toutes parts.

Le général tartare Trautmanchkof prit le commandement de ses compatriotes et demanda une trêve pour ensevelir l'empereur défunt. Pierrot l'accorda sur-le-champ, fit l'éloge de son courage, et ajouta gracieusement qu'il ne dépendait que des Tartares de changer cette courte trêve en une longue et solide paix.

Aussitôt les deux armées se séparèrent, et chacune regagna son camp. Les Chinois, ivres de joie, ne savaient comment témoigner leur tendresse au bon Pierrot. Chacun d'eux croyait avoir retrouvé en lui un protecteur, un père, un frère, un ami. Quand il demanda ce qu'était devenu Horribilis, on lui répondit en riant qu'il avait pris le chemin de Pékin, et qu'au train dont il était parti, il devait déjà être arrivé.

L'autre armée était fort divisée. Après la mort de Kabardantès et de Pantafilando, il n'y avait plus d'hé-

ritier du trône, la dynastie était éteinte : perte médio-
cre, car il y a toujours plus de rois sans royaumes que
de royaumes sans rois. Au reste, rien n'était plus facile
que de faire un roi : on n'avait que l'embarras du
choix. Comme les chefs des principales familles étaient
au camp, chacun d'eux s'offrit pour candidat et fit
valoir sa naissance, sa fortune et son courage. La dis-
cussion fut très-vive : chacun des orateurs avait le
sabre au poing, et paraissait disposé à soutenir son
droit de toutes les manières. Enfin l'un des plus âgés,
qui, par hasard, n'avait aucune prétention au trône,
ouvrit un avis qui fut bientôt approuvé de tous.

— Il nous faut, dit-il, pour empereur le plus brave
des hommes, afin qu'il soit digne de commander aux
Tartares, qui sont, après les Français, le plus brave
peuple de l'univers. Il faut qu'il n'ait point de famille
ni de liaison dans le pays, afin qu'il ne favorise aucun
parti au détriment des autres. Il n'y a qu'un homme
ici qui remplisse ces deux conditions

— Qui donc? cria-t-on tout d'une voix.

— C'est Pierrot.

Cette proposition, par un hasard singulier, réunit
toutes les voix : on offrit le trône à Pierrot, qui le refusa.

— Je n'en suis pas digne, répondit-il modestement.

La vérité est que Pierrot, devenu sage par l'expérience, et connaissant la difficulté de gouverner les

hommes, ne voulut pas s'engager dans une affaire si épineuse.

— Que ceux qui se sentent la vocation, disait-il, essayent de le faire ; pour moi, je veux vivre tranquille, et dans un repos complet avec ma famille. Je veux bien combattre pour ma patrie quand elle aura besoin de moi, mais je ne veux pas régner. Dans ce métier-là, le plus habile fait chaque jour cent sottises irréparables ; que ferai-je, moi qui ne suis qu'un ignorant ? J'aime mieux travailler en paix, élever mes enfants, cultiver la terre, donner le bon exemple autour de moi, et quelquefois, mais rarement, de bons conseils à ceux qui me les demanderont avec un cœur sincère : la Providence se chargera du reste.

Peut-être trouverez-vous, mes amis, que notre ami Pierrot était un peu égoïste. Le vieil Alcofribas le trouve très-sage et l'approuve en tout point. Pour moi, je ne sais qu'en dire.

L'égoïsme de Pierrot est d'une espèce si rare, qu'il touche à la vertu la plus pure et au désintéressement le plus extrordinaire : il y touche de si près, qu'en vérité j'aurais de la peine à l'en distinguer.

Toutefois, sur ce sujet comme en toutes choses, les opinions sont libres.

Les Tartares ne se laissèrent point décourager par un premier refus ; au contraire, aiguillonnés comme la plupart des hommes par cette obstacle, ils revinrent

à la charge et demandèrent enfin à Pierrot de leur
choisir un roi de sa façon.

— Car, dit l'orateur, nous n'en trouvons point parmi
nous qui réunisse toutes les voix, et ce choix sera une
source de guerres civiles.

— Eh bien, dit Pierrot, proclamez la république.

A ces mots, tout le monde prit à la fois la parole et
voulut donner son avis.

Le fracas devint étourdissant.

L'un dit que la république était l'anarchie; l'autre,
que c'était le gouvernement des grands hommes et des
hommes de bien; un autre, que c'était le moins ennuyeux des gouvernements, à cause du changement
perpétuel des gouvernants et des systèmes; un quatrième dit que cela convenait aux gens d'Europe, parce
qu'ils ont le nez aquilin, et non aux Tartares, parce
qu'ils ont le nez camus. Pierrot, assourdi, alla faire
un tour de promenade.

Quand il revint, on avait opté pour la monarchie :
Trautmanchkof avait été nommé empereur.

Il fit sur-le-champ la paix avec Pierrot, lui rendit les
prisonniers chinois, et partit pour Kraktaktah, afin de
se faire reconnaître.

Pierrot, ayant accompli sa tâche, fit réparer la grande
muraille, laissa le commandement de l'armée chinoise
à des officiers aguerris, et alla retrouver Vantripan.

Le bruit de ses exploits l'avait précédé.

Le roi vint le recevoir au pied du grand escalier dans

la cour d'honneur, l'embrassa tendrement, le fit asseoir à sa droite pendant le dîner, et but à sa santé
plus de six bouteilles, en le proclamant le vainqueur
des Tartares, le sauveur de la Chine, et le digne objet
de l'admiration du monde.

Ce gros Vantripan était un bon homme au fond, et
il sentait bien tout ce qu'il devait à Pierrot. Quant à
celui-ci, toujours modeste, il ne pensait qu'à rejoindre
sa chère Rosine et à goûter un repos qu'il avait si bien
gagné.

Enfin arriva ce jour si longtemps désiré.

Pierrot partit seul, monté sur Fendlair qui piaffait,
caracolait et galopait comme s'il avait compris la joie
de son maître.

Il arriva à la porte de la ferme.

Rosine ne l'attendait que quelques jours plus tard,
parce qu'il n'avait pas voulu lui annoncer son arrivée;
aussi était-elle en négligé du matin; mais ce négligé,
mes chers amis, eût été envié des plus grandes et des
plus belles princesses, si elles avaient pu en comprendre toute la coquette simplicité.

Écoutez la description qu'en donne le sage Alcofribas.

« Elle était vêtue, dit-il, d'une robe blanche d'étoffe
simple et unie. Cette robe, qu'elle avait taillée elle-
même, se drapait naturellement autour de son corps
comme les étoffes qui couvrent les statues des impéra-
trices de Rome; mais vous concevez assez la supério-

rité que devait avoir la nature vivante et animée, disposant de l'une des plus belles créatures qui depuis Ève aient enchanté les regards des hommes, sur l'artiste qui sculpte un marbre inanimé et qui cherche, à force de génie, à reproduire quelque faible image de l'éternelle beauté. Sa taille souple et sans corset donnait à sa démarche une grâce incomparable et pleine de naturel. Un ruban rouge noué autour de son cou relevait l'éclat de son teint qui était blanc, rosé et presque transparent. Ses cheveux, négligemment attachés, comme ceux de Diane chasseresse, retombaient sur ses épaules dans un désordre charmant... »

Peut-être trouverez-vous qu'Alcofribas ne donne qu'une faible idée de la beauté qu'il veut peindre, et que ses comparaisons, tirées de la sculpture et de l'antiquité, sont un peu obscures pour qui n'a jamais visité le musée du Louvre.

Mes enfants, vous avez raison; mais aucun homme n'est parfait et complet en toutes choses.

Le vieil Alcofribas avait passé sa vie entière dans l'étude des sciences, et il avait un peu négligé les lettres.

Le binôme de Newton lui était plus familier que l'éloquence, et les découvertes paléontologiques de Cuvier et de Geoffroy Saint-Hilaire ne sont pas la millième partie des choses que ce vieux magicien avait inventées et publiées dans des livres mystérieux qui furent autrefois brûlés par les ordres du sauvage Gengis-Khan, et dont le dernier exemplaire a été découvert il y a six mois, dans les ruines de Samarcande, par un de mes amis, qui est allé visiter les bords de l'Oxus.

Oh ! si vous saviez les grandes, belles, profondes et mystérieuses conceptions que contient cet ouvrage admirable, unique jusqu'à présent dans l'histoire du monde, vous prendriez sur-le-champ le chemin de fer jusqu'à Strasbourg ; de Strasbourg vous iriez à Vienne, en chemin de fer ; de Vienne vous iriez à Constantinople moitié en chemin de fer, moitié par terre ; de Constantinople à Scutari par mer ; de Scutari à Damas avec la caravane des pèlerins de la Mecque ; de Damas à Bassorah par chameaux, à travers les déserts de la Mésopotamie ; de Bassorah, qui est sur le Tigre, à Hérat, à pied, à cheval, en voiture ou en ballon, suivant l'occasion ; de Hérat aux Portes de fer qui gardent l'entrée du Khoraçan ; des Portes de fer à l'Oxus et à Samarcande, capitale du pays de Sogd.

Quand vous aurez fait ce voyage, vous entrerez dans le grand caravansérail, en prenant bien garde de vous annoncer comme des savants venus d'Europe, ce qui éveillerait la curiosité et le soupçon.

Vous traverserez le caravansérail dans toute sa longueur, deux fois ; vous le retraverserez deux fois dans sa largeur ; vous suivrez une ligne diagonale entre les deux extrémités les plus éloignées du bâtiment, car il est de forme irrégulière.

Vous aurez soin, en marchant, de prononcer tous

les neuf pas ces deux mots : *kara, brankara,* qui sont, comme je vous l'ai dit, une formule magique consacrée ; puis vous sortirez du caravansérail, vous suivrez la première rue à gauche, qui est la rue Râhkhr (Râhkhr, en tartare, signifie mendiant), vous y trouverez douze vieillards à barbe blanche qui sont rangés en cercle et assis à terre, les jambes croisées.

Ils cherchent sur la tête et dans les cheveux les uns des autres ce petit animal qui tourmente si cruellement les mendiants napolitains ; quand ils le tiennent, ils font un geste de satisfaction et l'écrasent entre les pouces. Ne cherchez pas à leur parler ni à les aider, ce serait inutile ; suivez la seconde rue à droite, la première à gauche, la troisième à droite, la seconde à gauche, la quatrième à gauche et à droite.

Là, vous prendrez la première à gauche, et vous vous arrêterez devant une maison que rien ne distingue de toutes les autres.

N'allez pas plus loin, c'est là.

Vous entrerez dans une allée sombre, vous monterez un étage, vous enfilerez un long corridor, vous monterez un autre étage, vous entrerez dans une antichambre qui donne sur un escalier ; vous descendrez six marches, vous frapperez au mur, et vous descendrez encore six marches ; vous en remonterez neuf et vous vous trouverez en face d'une porte secrète dont vous n'aurez pas la clef.

Ce n'est pas la peine d'aller chercher le portier, il n'y a pas de serrure.

Vous direz : Ce n'est pas ce que je demande; vous remonterez encore trois marches, et vous serez dans l'antichambre.

Là, pas un laquais ne viendra recevoir votre chapeau et vos gants, mais vous verrez une main qui, seule en l'air et détachée de tout corps visible, vous fera signe avec le doigt de la suivre.

Cette main est noueuse et ridée : on voit qu'elle a beaucoup souffert; c'est celle du vieil Alcofribas.

Elle vous fera signe d'entrer dans un cabinet poudreux, que le domestique du vieux magicien vient balayer tous les six cents ans par ordre de son maître.

Ne vous arrêtez pas à regarder les globes et les cartes astronomiques, ni la position relative des soleils, chose que vous verrez dessinée sur le mur; allez droit à la table où la main vous conduit, poussez le ressort d'une boîte en bois de cèdre.

La boîte s'ouvrira, et vous verrez le fameux manuscrit écrit dans la langue des anciens Sogdiens, que personne ne parle depuis le règne de Cyrus.

Vous ferez signe que vous ne comprenez pas.

La main fera signe que vous êtes des imbéciles, vous prendra par le bras et vous jettera à la porte.

Quand vous serez dans la rue, vous pourrez reprendre la route de Paris, si bon vous semble, à moins que vous ne préfériez déchiffrer les inscriptions laissées par le roi Gustasp, il y a trois mille ans, sur les murs de son palais dont on voit les ruines à Samarcande.

Ici vous me demanderez peut-être à quoi sert un si long voyage, puisque, après tout, vous ne comprenez pas la langue du vieil Alcofribas.

Mes enfants, vous êtes trop aimables pour que je ne vous dise pas la vérité tout entière.

A quoi servent toutes les choses de ce monde? A passer, ou, si vous voulez, à tuer le temps, jusqu'à ce que nous allions tous ensemble en paradis.

Il y a des gens qui ont fait sept ou huit fois le tour du monde, et qui n'avaient pas d'autre but que de voir plus tôt le terme des soixante ans de vie dont le ciel leur avait fait présent.

Croyez-vous que ce ne soit rien que d'avoir vu Strasbourg, Vienne, Constantinople, Damas, Bassorah, les Portes de fer, Samarcande et la main du vieil Alcofribas?

Ce voyage ne peut pas durer, aller et retour, moins d'une année.

C'est toujours une année pendant laquelle vous avez eu un désir violent, une vraie passion, c'est-à-dire ce qui fait vivre et soutient les hommes; car, faibles créatures que nous sommes, nous n'avons en nous-mêmes aucun principe de vie.

Tout nous vient du dehors, et Dieu l'a voulu ainsi, pour que nous eussions sans cesse recours à lui.

Il est temps de laisser ce sujet. Je commence à prêcher, je crois, et vous, enfants, à bâiller.

Écoutez plutôt l'histoire de notre ami Pierrot.

Elle touche à sa fin, car le vieil Alcofribas dit très-bien :

« Il n'y a rien de plus fade et de plus ennuyeux que la peinture du bonheur. »

Et Pierrot avait enfin mérité d'être heureux.

Je ne vous ferai pas le récit de sa conversation avec la belle Rosine; vous sentez bien qu'elle dut être très-intéressante, car tous les deux avaient autant d'esprit que les anges, et les sujets de conversation ne leur manquaient pas.

Qu'il vous suffise de savoir que la mère de Rosine fut obligée de venir les chercher elle-même et de leur rappeler que le déjeuner était servi depuis plus d'une heure.

Deux jours après, le roi Vantripan arriva, suivi de sa fille, qui avait voulu assister au mariage de Pierrot, et lui témoigner par là une amitié sincère.

De son côté, Pierrot dit qu'il ne désirait qu'une occasion de lui prouver son dévouement, et cette occasion ne tarda guère à se présenter, comme nous le dirons en son lieu.

Le lendemain, on signa le contrat.

Le père et la mère de Pierrot arrivaient justement des Ardennes par le chemin des airs, où ils avaient suivi la fée Aurore.

Je laisse à deviner la joie et les embrassements de cette heureuse famille.

Le mariage se fit dans la maison de la mère de Rosine.

Il y avait pêle-mêle des rois, des princesses du sang, des bourgeois, des paysans, des soldats, et un évêque, monseigneur de Bangkok, dans le royaume de Siam, qui donna lui-même la bénédiction nuptiale aux deux époux.

La fée Aurore présidait toute l'assemblée, et après le repas, grâce à ses soins, l'orchestre des génies, conduit par le propre chef de musique du roi Salomon, donna un bal magnifique.

Ainsi finissent les aventures de Pierrot.

« Puissent-elles, dit le vieil Alcofribas, ne pas vous avoir paru trop longues ! »

Je ne vous parlerai pas du reste de la vie de Pierrot, qui fut extrêmement paisible.

Un seul accident en troubla quelques moments le cours, mais cet accident n'eut pas de suites fâcheuses.

Le prince Horribilis, impatient de monter sur le trône, fit révolter contre son père une partie de l'armée.

Vantripan, effrayé, alla se réfugier chez Pierrot, qui le reçut à bras ouverts, et, sans lui donner le temps de s'expliquer, monta à cheval et courut au-devant des révoltés.

A sa vue, ceux-ci posèrent les armes et demandèrent grâce. Pierrot leur pardonna et se fit livrer Horribilis.

Vantripan voulait le faire empaler; mais Pierrot,
qui abhorrait les supplices, et dont le caractère, naturellement généreux, s'était encore adouci au contact
de celui de Rosine, obtint sa grâce et se contenta de
le faire exiler.

Horribilis, à quelques jours de là, fut pris par les
Tartares et pendu à un arbre avec son ami Tristemplète.

Cet événement ne fit de peine à personne.

Deux ans après, Vantripan mourut, laissant le trône
à sa fille, qui voulut confier le gouvernement à Pierrot;
mais celui-ci la remercia et refusa de sortir de sa retraite.

Toutefois, elle venait souvent lui demander conseil,
et Trautmanchkof, l'empereur des Tartares, ayant
voulu violer la paix, se retira jusqu'au fond de ses déserts, sur le seul bruit de la nomination de Pierrot au
commandement de l'armée chinoise.

Ainsi, quoiqu'il ne fût qu'un simple particulier, et
qu'il ne voulût pas être autre chose, il gouvernait en
réalité l'empire par ses vertus, son expérience et son
courage.

Il vécut fort longtemps, employant sa fortune, que
les libéralités de Vantripan avaient rendue immense,

14

à fonder des écoles et des bibliothèques, à construire
des canaux, à réparer les grandes routes et à faire des
expériences agricoles dont il publiait le résultat, afin
que tout le monde pût en profiter.

C'est lui qui inventa le drainage, que les Anglais ont
retrouvé, il y a vingt ans, et dont ils se sont attribué
le mérite. Il inventa encore beaucoup d'autres choses
qu'on réinventera plus tard sans aucun doute, et
que je ferai connaître au public dès que j'aurai terminé la traduction du fameux manuscrit d'Alcofribas, qui est caché dans une vieille maison de Samarcande.

Vous verrez alors, mes enfants, quel homme c'était
que Pierrot, et comme il avait bien profité des leçons
de la fée Aurore.

Son nom est resté fort célèbre à la Chine et dans le
vaste empire des îles Inconnues; de là il fut porté en
Europe par Plancarpin, qui en entendit parler, aux
environs de Karakorum, et beaucoup de fables se mê-
lèrent à l'histoire véridique que je viens de vous conter.

« Ainsi, ne croyez pas, dit le vieil Alcofribas, que
Pierrot ait jamais été glouton, ni poltron, ni menteur,
ni pendu, comme le représentent souvent des bouffons
et des farceurs qui n'ont d'autre objet que de vous
faire rire.

« On l'aura confondu sans doute avec de faux Pier-
rots, indignes de porter ce nom respectable.

« Pour moi, qui ne cherche que le vrai, je vous assure et vous garantis que Pierrot a vécu comme un bon citoyen, et qu'il est mort comme un saint. »

Je vous souhaite, mes amis, de faire la même chose !

FIN

TABLE

HISTOIRE DU CÉLÈBRE PIERROT

SOCIÉTÉ ANONYME D'IMPRIMERIE DE VILLEFRANCHE-DE-ROUERGUE
Jules Bardoux, directeur.

14

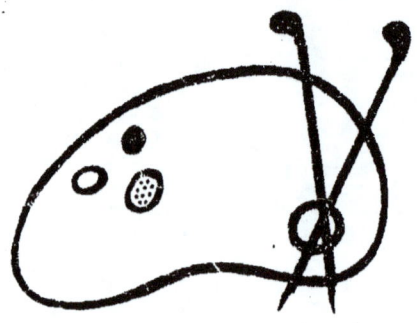

Original en couleur

NF Z 43-120-8

140 112 90 70 56 45 50 63 80 100 125 160

140 112 90 70 56 45 50 63 80 100 125 160

140 112 90 70 56 45 50 63 80 100 125 160

MIRE ISO N° 1
NF Z 43-007
AFNOR

1   10

BIBLIOTHÈQUE NATIONALE

CHÂTEAU
de
SABLÉ

1984

www.ingramcontent.com/pod-product-compliance
Lightning Source LLC
Chambersburg PA
CBHW070517030726
47503CB00004B/1292